# 地獄変・偸盗

芥川龍之介著

新潮社版

# 目次

偸盗 …………………………………………… 七

地獄変 ………………………………………… 一〇三

竜 ……………………………………………… 一五七

往生絵巻 ……………………………………… 一七五

藪の中 ………………………………………… 一八五

六の宮の姫君 ………………………………… 二〇三

注解 ………………………………… 三好行雄 二二七

解説 ………………………………… 吉田精一 二五〇

地獄変・偸盗

偸ちゅう

盗とう

一

「お婆、猪熊のお婆」
朱雀綾小路の辻で、じみな紺の水干に揉烏帽子をかけた、二十ばかりの、醜い、隻眼の侍が、平骨の扇を上げて、通りかかりの老婆を呼びとめた。——
むし暑く夏霞のたなびいた空が、息をひそめたように、家々の上を掩いかぶさった、七月の或日ざかりである。男の足をとめた辻には、枝の疎な、ひょろ長い葉柳が一本、この頃流行る疫病にでも罹ったかと思う姿で、形ばかりの影を地の上に落しているが、此処にさえ、その日に乾いた葉を動かそうと云う風はない。まして、日の光に照りつけられた大路には、あまりの暑さにめげたせいか、人通りも今は一しきりとだえて、唯さっき通った牛車の轍が長々とうねっているばかり、その車の輪にひかれた、小さな蛇も、切れ口の肉を青ませながら、始めは尾をぴくぴくやっていたが、何時か脂ぎった腹を上へ向けて、もう鱗一つ動かさないようになってしまった。どこもかしこも、

炎天の埃を浴びたこの町の辻で、僅に一滴の湿りを点じたものがあるとすれば、それはこの蛇の切れ口から出た、腥い腐れ水ばかりであろう。

「お婆」

「…………」

老婆は、慌しくふり返った。見ると、年は六十ばかりであろう。垢じみた檜皮色の帷子*に、黄ばんだ髪の毛を垂らして、尻の切れた藁草履をひきずりながら、長い蛙股の杖をついた、眼の円い、口の大きな、どこか蟇の顔を思わせる、卑しげな女である。

「おや、太郎さんか」

日の光にむせるような声で、こう云うと、老婆は、杖をひきずりながら、二足三足後へ帰って、先ず口を切る前に、上唇をべろりと甞めて見せた。

「何か用でもおありか」

「いや、別に用じゃない」

隻眼は、うすい痘痕のある顔に、強いて作ったらしい微笑をうかべながら、何処か無理のある声で、快活にこう云った。

「唯、沙金がこの頃は、どこにいるかと思ってな」

「用のあるは、何時も娘ばかりさね。鳶が鷹を生んだおかげには」

猪熊の婆は、厭味らしく、唇を反らせながら、にやついた。
「用と云う程の用じゃないが、今夜の手筈も、まだ聞かないからな」
「なに、手筈に変りがあるものかね。集るのは羅生門、刻限は亥の上刻——みんな昔から、きまっている通りさ」
老婆は、こう云って、狡猾そうに、じろじろ、左右を見まわしたが、人通りのないのに安心したのか又、厚い唇をちょいと窘めて、
「家内の容子は、大抵娘が探って来たそうだよ。それも、侍たちの中には、手の利く奴がいるまいと云う事さ。詳しい話は、今夜娘がするだろうがね」
これを聞くと、太郎と云われた男は、日をよけた黄紙の扇の下で、嘲るように、口を歪めた。
「じゃ沙金は又、誰かあすこの侍とでも、懇意になったのだな」
「なに、やっぱり販婦か何かになって、行ったらしいよ」
「何になって行ったって、あいつの事だわ、当てになるものか」
「お前さんは、不相変疑り深いね。だから、娘に嫌われるのさ。嫉妬にも、程があるよ」
老婆は、鼻の先で笑いながら、杖を上げて、路ばたの蛇の屍骸を突ついた。何時の

間にかたかっていた青蠅が、むらむらと立ったかと思うと、又元のように止まってしまう。

「そんな事じゃ、しっかりしないと、次郎さんに取られてしまうよ。取られてもいいが、どうせそうなれば、唯じゃすまないからね。お爺さんでさえ、それじゃ時々、眼の色を変えるんだから、お前さんなら猶そうだろうじゃないか」

「わかっているわ」

相手は、顔をしかめながら、忌々しそうに、柳の根へ唾を吐いた。

「それが中々、わからないんだよ。今でこそお前さんだって、そうやって、すましているが、娘とお爺さんとの仲をかぎつけた時には、まるで、気がふれたようだったじゃないか。お爺さんだって、そうさ、あれで、もう少し気が強かろうものなら、すぐにお前さんと刃物三昧だわね」

「そりゃもう一年前の事だて」

「何年前でも、同じ事だよ。一度した事は、三度するって云うじゃないか。三度だけなら、まだいい方さ。私なんぞは、この年まで、同じ莫迦を、何度したか、わかりゃしないよ」

こう云って、老婆は、疎な歯を出して、笑った。

「冗談じゃない。——それより、今夜の相手は、曲りなりにも、藤判官だで、手くばりはもうついたのか」

太郎は、日にやけた顔に、いら立たしい色を浮べながら、話題を転じた。折から、雲の峯が一つ、太陽の道に当ったのであろう。あたりが俄然*、暗くなった。その中に、唯、蛇の屍骸だけが、前よりも一層腹の脂を、ぎらつかせているのが見える。

「何の、藤判官だと云って、高が青侍の四人や五人、私だって、昔とった杵柄さ*」

「ふん、お婆は、えらい勢だな。そうして、こっちの人数は？」

「何時もの通り、男が二十三人。それに私と娘だけさ。阿濃は、あの体だから、朱雀門*に待っていて、貰う事にしよう」

「そう云えば、阿濃も、かれこれ臨月だったな」

太郎は又、嘲るように口を歪めた。それと殆同時に、雲の影が消えて、往来は忽東元のように、眼が痛む程、明るくなる。——猪熊の婆も、腰を反らせて、一しきり東鴉のような笑声を立てた。

「あの阿呆をね。誰がまあ手をつけたんだか——尤も、阿濃は次郎さんに、執心だったが、まさかあの人でもなかろうよ」

「親の詮義は兎も角、あの体じゃ何かにつけて不便だろうて」

「それや、どうにでも仕方はあるのだけれど、あれが不承知なのだから、困るわね。おかげで、仲間の者へ沙汰をするのも、私一人と云う始末さ。真木島の十郎、関山の平六、高市の多襄丸と、まだこれから、三軒まわらなくっちゃ——おや、そう云えば、油を売っている中に、もうかれこれ未になる。御前さんも、もう私のおしゃべりには、聞き飽きたろう」

蛙股の杖は、こう云う語と共に動いた。

「が、沙金は？」

この時、太郎の唇は、目に見えぬ程、かすかに痙攣った。が、老婆は、これに気がつかなかったらしい。

「大方、今日あたりは、猪熊の私の家で、午睡でもしているだろうよ。昨日までは、家にいなかったがね」

隻眼は、じっと老婆を見た。そうして、それから、静な声で、

「じゃ、いずれ又、日が暮れてから、合おう」

「あいさ。それまでは、お前さんも、ゆっくり午睡もする事だよ」

猪熊の婆は、口達者に答えながら、杖を曳いて、歩き出した。綾小路を東へ、猿のような帷子姿が、藁草履の尻に埃をあげて、日ざしにも恐れず、歩いて行く。——そ

れを見送った侍は、汗のにじんだ額に、嶮しい色を動かしながら、もう一度、柳の根に唾を吐くと、それから徐に、踵をめぐらした。

二人の分れた後には、例の蛇の屍骸にたかった青蠅が、不相変日の光の中に、かすかな羽音を伝えながら、立つかと思うと、止っている。……

　　　　　二

猪熊の婆は、黄ばんだ髪の根に、じっとりと汗をにじませながら、足にかかる夏の埃も払わずに、杖をつきつき歩いて行く。——

通い慣れた路ではあるが、自分が若かった昔にくらべれば、どこもかしこも、嘘のような変り方である。自分が、まだ台盤所の婢女をしていた頃の事を思えば、——いや、思いがけない身分ちがいの男に、挑まれて、とうとう沙金を生んだ頃の事を思えば、今の都は、名ばかりで、その頃の俤は殆どない。昔は、牛車の行き交いのしげかった路も、今は徒に薊の花が、さびしく日だまりに、咲いているばかり、仆れかかった板垣の中には、無花果が青い実をつけて、人を怖れない鴉の群は、昼も水のない池にうごめいている。そうして、自分も何時か、髪が白み皺がよって、遂には腰のまがる

ような、老の身になってしまった。都も昔の都でなければ、自分も昔の自分でない。その上、貌も変れば、心も変った。始めて娘と今の夫との関係を知った時、自分は、泣いて騒いだ覚えがある。が、こうなって見れば、それも、当り前の事としか思われない。盗みをする事も、人を殺す事も、慣れれば、家業と同じである。云わば京の大路小路に、雑草がはえたように、自分の心も、もう荒んだ事を、苦にしない程、荒んでしまった。が、一方から見れば又、すべてが変ったようで、変っていない。娘の今している事と、自分の昔した事とは、存外似よった所がある。あの太郎と次郎とにしても、やはり今の夫の若かった頃と、やる事に大した変りはない。こうして人間は、何時までも同じ事を繰返して行くのであろう。そう思えば、都も昔の都なら、自分も昔の自分である。………

猪熊の婆の心の中には、こう云う考が、漠然とながら、浮んで来た。そのさびしい心もちに、つまされたのであろう、円い眼がやさしくなって、墓のような顔の肉が、何時の間にか、ゆるんで来る。――と、又急に、老婆は、活き活きと、皺だらけの顔をにやつかせて、蛙股の杖のはこびを、前よりも急がせ始めた。

それも、その筈である。四五間先に、路と芒原とを（これも、元は誰かの広庭であったのかも知れない）隔てる、崩れかかった築土があって、その中に、盛りをすぎた

合歓の樹が二三本、苔の色の日に焼けた瓦の上に、ほおけた、赤い花を垂らしている。それを空に、枯竹の柱を四隅へ立てて、古蓆の壁を下げた、怪しげな小屋が一つ、しょんぼりとかけてある。——場所と云い、容子と云い、中には、乞食でも棲んでいるらしい。

別して、老婆の眼をひいたのは、その小屋の前に、腕を組んで佇んだ、十七八の若侍で、これは、朽葉色の水干に黒鞘の太刀を横たえたのが、どう云う訳か、仔細らしく、小屋の中を覗いている。その初々しい眉のあたりから、まだ子供らしさのぬけない頰のやつれが、一目で老婆に、その誰と云う事を知らせてくれた。
「何をしているんだえ。次郎さん」
猪熊の婆は、その側へ歩みよると、蛙股の杖を止めて、頤をしゃくりながら、呼びかけた。

相手は、驚いて、ふり返ったが、つくも髪の、墓の面の、厚い唇を舐める舌を見ると、白い歯を見せて微笑しながら、黙って、小屋の中を指さした。
小屋の中には、破れ畳を一枚、じかに地面へ敷いた上に、四十恰好の小柄な女が、石を枕にして、横になっている。それも、肌を掩うものは、腰のあたりにかけてある麻の汗衫一つぎりで、殆ど裸と変りがない。見ると、その胸や腹は、指で押しても、

血膿にまじった、水がどろりと流れそうに、黄いろく滑に、むくんでいる。殊に、蓆の裂け目から、天日のさしこんだ所で見ると、腋の下や頸のつけ根に、丁度腐った杏のような、どす黒い斑があって、そこから何とも云いようのない、異様な臭気が、洩れるらしい。

枕下には、縁の欠けた土器がたった一つ（底に飯粒がへばりついている所を見ると、元は粥でも入れたものであろう）捨てたように置いてあって、誰がした悪戯か、その中に五つ六つ、泥だらけの石塊が行儀よく積んである。しかも、そのまん中に、花も葉も干からびた、合歓を一枝立てたのは、大方高坏へ添える色紙の、心葉を真似たものであろう。

それを見ると、気丈な猪熊の婆も、流石に顔をしかめて、後へさがった。そうして、その刹那に、突然さっきの蛇の屍骸を思い浮べた。

「何だえ。これは。疫病に罹っている人じゃないか」

「そうさ。とてもいけないと云うので、どこかこの近所の家で、棄てたのだろう。これじゃ、どこでも持てあつかうよ」

次郎は又、白い歯を見せて、微笑した。

「それを、お前さんは又、何だって、見てなんぞいるのさ」

「なに、今ここを通りかかったら、野良犬が二三匹、いい餌食を見つけた気で、食いそうにしていたから、石をぶつけて、追払ってやった所さ。私が来なかったら、今頃はもう、腕の一つも食われてしまったかも知れない」

老婆は、蛙股の杖に頤をのせて、もう一度しみじみ、女の体を見た。さっき、犬が食いかかったと云うのは、これであろう。——破れ畳の上から、往来の砂の中へ、斜にのばした二の腕には、水気を持った、土気色の皮膚に、鋭い歯の痕が三つ四つ、紫がかって残っている。が、女は、じっと眼をつぶったなり、息さえ通っているかどうかわからない。老婆は、再、はげしい嫌悪の感に、面を打たれるような心もちがした。

「一体、生きているのかえ。それとも、死んでいるのかえ」

「どうだかね」

「気楽だよ、この人は。死んだものなら、犬が食ったって、いいじゃないか」

老婆は、こう云うと、蛙股の杖をのべて、遠くから、ぐいと女の頭を突いて見た。頭は枕の石をはずれて、砂に髪をひきながら、多愛なく畳の上へぐたりとなる。が、病人は、依然として、眼をつぶった儘、顔の筋肉一つ動かさない。

「そんな事をしたって、駄目だよ。さっきなんぞは、犬に食いつかれてさえ、やっぱりじっとしていたんだから」

「それじゃ、死んでいるのさ」

次郎は、三度白い歯を見せて、笑った。

「死んでいたって、犬に食わせるのは、ひどいやね」

「何がひどいものかね。死んでしまえば、犬に食われたって、痛くはなしさ」

老婆は、杖の上でのび上りながら、ぎょろり眼を大きくして、こう嘲笑（あざわら）うように、云った。

「死ななくったって、ひくひくしているよりは、いっそ一思いに、喉笛（のどぶえ）でも犬に食いつかれた方が、益（ま）しかも知れないわね。どうせこれじゃ、生きていたって、長い事はありゃせずさ」

「だって、人間が犬に食われるのを、黙って見てもいられないじゃないか」

すると、猪熊の婆は、上唇をべろりとやって、太々（ふてぶて）しく空嘯（そらうそぶ）いた。

「その癖、人間が人間を殺すのは、お互に平気で、見ているじゃないか」

「そう云えば、そうさ」

次郎は、ちょいと鬢（びん）を搔（か）いて、四度白い歯を見せながら、微笑した。そうして、やさしく老婆の顔を眺めながら、

「どこへ行くのだい、お婆は」と問いかけた。

「真木島の十郎と、高市の多襄丸と、――ああ、そうだ。関山の平六へは、お前さんに、言託を頼もうかね」

「ああ、行ってもいい」

こう云う中に、猪熊の婆は、杖にすがって、もう二足三足歩いている。

次郎も漸く、病人の小屋を後にして、老婆と肩を並べながら、ぶらぶら炎天の往来を歩き出した。

「あんなものを見たんで、すっかり気色が悪くなってしまったよ」

老婆は、大仰に顔をしかめながら、

「――ええと、平六の家は、お前さんも知っているだろう。これをまっすぐに行って、立本寺*の門を左へ切れると、藤判官の屋敷がある。あの一町ばかり先さ。序だから、屋敷のまわりでもまわって、今夜の下見をしてお置きよ」

「なに私も、始からそのつもりで、こっちへ出て来たのさ」

「そうかえ、それはお前さんにしては、気がきいたね。お前さんの兄さんの御面相じゃ、一つ間違うと、向うにけどられそうで、下見に行っても、貰えないが、お前さんなら、大丈夫だよ」

「可哀相に、兄貴もお婆の口にかかっちゃ、かなわないね」

「なに、私なんぞは一番、あの人の事をよく云っている方さ。お爺さんなんぞと来たら、お前さんにも話せないような事を、云っているわね」
「それは、あの事があるからさ」
「あったって、お前さんの悪口は、云わないじゃないか」
「じゃ大方、私は子供扱いにされているんだろう」

二人は、こんな閑談を交しながら、狭い往来をぶらぶら歩いて行った。歩く毎に、京の町の荒廃は、愈、目のあたりに開けて来る。家と家との間に、草いきれを立てている蓬原、その所々に続いている古築土、それから、昔の儘、僅に残っている松や柳――どれを見ても、かすかに漂う死人の臭いと共に、亡びて行くこの大きな町を、思わせないものはない。途中では、唯一人、手に足駄をはいている、躄の乞食に行きちがった。――

「だが、次郎さん、お気をつけよ」

猪熊の婆は、ふと太郎の顔を思い浮べたので、独り苦笑を浮べながら、こう云った。

「娘の事じゃ、随分兄さんも、夢中になり兼ねないからね」

が、これは、次郎の心に、思ったよりも大きな影響を与えたらしい。彼は、秀でた眉の間を、俄に曇らせながら、不快らしく眼を伏せた。

「そりゃ私も、気をつけている」
「気をつけていてもさ」
老婆は、聊か、相手の感情の、この急激な変化に驚きながら、例の如く唇を舐め舐め、呟いた。
「気をつけていてもだわね」
「しかし、兄貴の思惑は兄貴の思惑で、私には、どうにも出来ないじゃないか」
「そう云えば、実も蓋もなくなるがさ。実は私は、昨日娘に会ったのだよ。今日未の下刻に、お前さんの兄さんには半月近くも、会う事になっていると云うじゃないか。それに、お前さんの兄さんと立本寺の門の前で、顔は合せないようにしているとね。太郎さんがこんな事を知ってごらん。又、お前さん、一悶着だろう」
次郎は、老婆の娓々として説く語を遮るように、黙って、苛立しく何度も頷いた。
が、猪熊の婆は、容易に口を閉ざしそうな気色もない。
「さっき、向うの辻で、太郎さんに遇った時にも、私はよくそう云って来たけれどね、そうなりゃ、私たちの仲間だもの、すぐに刃物三昧だろうじゃないか。万一、その時のはずみで、娘に怪我でもあったら、と私は、唯、それが心配なのさ。娘は、何しろあの通りの気質だし、太郎さんにしても、一徹人だから、私は、お前さんによく頼ん

で置こうと思ってね。お前さんは、死人が犬に食われるのさえ、見ていられない程、やさしいんだから」
　こう云って、老婆は、何時か自分にも起って来た不安を、強いて消そうとするように、わざとしわがれた声で、笑って見せた。が、次郎は依然として、顔を暗くしながら、何か物思いに耽けるように、眼を伏せて歩いている。……
「大事にならなければいいが」
　猪熊の婆は、蛙股の杖を早めながら、この時始めて心の底で、しみじみこう、祈ったのである。

　かれこれその時分の事である。楚の先に蛇の屍骸をひっかけた、町の子供が三四人、病人の小屋の外を通りかかると、中でも悪戯な一人が、遠くから及び腰になって、その蛇を女の顔の上へ抛り上げた。青く脂の浮いた腹がぺたり、女の頬に落ちて、それから、腐れ水にぬれた尾が、ずるずる頤の下へ垂れる——と思うと、子供たちは、一度にわっと喚きながら、悸えたように、四方へ散った。
　今まで死んだようになっていた女が、その急に、黄いろくたるんだ睚をあけて、腐った卵の白味のような眼を、どんより空に据えながら、砂まぶれの指を一つびくり

とやると、声とも息ともわからないものが、干割れた唇の奥の方から、かすかに洩れて来たからである。

　　　三

猪熊の婆に別れた太郎は、時々扇で風を入れながら、日陰も選ばず、朱雀の大路を北へ、進まない歩みをはこんだ。——

日中の往来は、人通りも極めて少ない。——栗毛の馬に平文の鞍を置いて跨った武士が一人、鎧櫃を荷うった調度掛を従えながら、綾藺笠に日をかすめるばかり、悠々と通った後には、唯、せわしない燕が、白い腹を閃めかせて、時々、往来の砂をかすめるばかり、板葺、檜皮葺の屋根の向うに、むらがっている早り雲も、さっきから、凝然と、金銀銅鉄を熔かした儘、小動ぎをする気色はない。まして、両側に建て続いた家々は、いずれもしんと静まり返って、その板部や蒲簾の後では、町中の人が悉、死に絶えてしまったかとさえ疑われる。——

（猪熊の婆の云ったように、沙金を次郎に奪われると云う惧は、漸く目の前に迫って

来た。あの女が、——現在養父にさえ、身を任かせたあの女が、痘痕のある、隻眼の、醜い己を、日にこそ焼けているが目鼻立ちの整った、若い弟に見かえるのは、元より何の不思議もない。己は、唯、次郎が、——子供の時から、己を慕ってくれられたあの次郎が、己の心もちを察してくれて、よしや沙金の方から手を出してもその誘惑に乗らないだけの、慎しみを持ってくれる事と、一図に信じ切っていた。が、今になって考えれば、それは、弟を買かぶった、虫のいい量見に過ぎなかった。いや、弟を見上げすぎたと云うよりも、沙金の淫な媚びのたくみを、見下げすぎた誤りだった。独り次郎ばかりではない。あの女の眼ざし一つで、身を亡ぼした男の数は、この炎天にひるがえる燕の数よりも、沢山ある。現にこう云う己でさえ、唯一度、あの女を見たばかりで、とうとう今のように、身を堕した。……)

すると四条坊門*の辻を、南へやる赤糸毛の女車*が、静かに太郎の行く手を通りすぎる。車の中の人は見えないが、紅の裾濃に染めた、すずしの下簾が、町筋の荒涼としているだけに、一際目に立ってなまめかしい。それにつき添った牛飼の童と雑色とは、迂散らしく太郎の方へ眼をやったが、牛だけは、角を低れて、漆のように黒い背を鷹揚にうねらしながら、わき見もせずに、のっそりと歩いてゆく。しかしとりとめのない

考えに沈んでいる太郎には、車の金具の、まばゆく日に光ったのが、僅に眼にはいったただけである。

彼は、暫く足をとめて、車を通りこさせてから、又隻眼を地に伏せて、黙々と歩きはじめた。——

（己が右の獄の放免\*をしていた時の事を思えば、今では、遠い昔のような、心もちがする。あの時の己と今の己とを比べれば、己自身にさえ、同じ人間のような気はしない。あの頃の己は、三宝\*を敬う事も忘れなければ、王法に遵う事も怠らなかった。それが、今では、盗みもする。時によっては、火つけもする。人を殺した事も、二度や三度ではない。ああ、昔の己は——仲間の放免と一しょになって、何時もの七半\*を打ちながら、笑い興じていた、あの昔の己は、今の己の眼から見ると、どの位仕合せだったかわからない。

考えれば、まだ昨日のように思われるが、実はもう一年前になった。——あの女が、盗みの咎で、検非違使の手から、右の獄へ送られる。己がそれと、ふとした事から、牢格子を隔てて、話し合うような仲になる。それから、その話が、だんだん度重なって、何時か互に身の上の事まで、打明け始める。とうとう、しまいには、猪熊の婆や

同類の盗人が、牢を破ってあの女を救い出すのを、見ないふりをして、通してやった。その晩から、己は何度となく、猪熊の婆の家へ出入りをした。沙金は、己の行く時刻を見計らって、あの半蔀の間から、雀色時の往来を覗いている。そうして己の姿が見えると、鼠鳴きをして、はいれと云う。家の中には、下衆女の阿濃の外に、誰もいない。やがて、蔀を下す。結び燈台へ火をつける。そうして、あの何畳かの畳の上に、折敷や高坏を、所狭く置きならべて、二人ぎりの小酒盛をする。その揚句が、笑ったり、泣いたり、喧嘩をしたり、仲直りをしたり――云わば、世間並の恋人同志が、するような事をして、何時でも夜を明かした。

日の暮に来て、夜のひき明け方に帰る。――あれが、それでも一月は続いたろう。その中に、己には沙金が猪熊の婆のつれ子である事、今では二十何人かの盗人の頭になって、時々洛中を擾がせている事、そうして、日頃は容色を売って、傀儡同様な暮しをしている事――そう云う事が、だんだんわかって来た。が、それは、反ってあの女に、双紙の中の人間めいた、不思議な円光をかけるばかりで、少しも卑しいなどと云う気は起させない。無論、あの女は、時々己に、一そ仲間へはいれと云う。が、己は何時も、承知しない。すると、あの女は、己の事を臆病だと云って、莫迦にする。己はよくそれで、腹を立てた。………

「はい、はい」と馬を叱る声がする。太郎は、慌てて、路をよけた。米俵を二俵ずつ、左右へ積んだ馬を曳いて、汗もふかずに、炎天の大路を南へ下って来る。その馬の影が、黒く地面に焼きついた上を、燕が一羽、ひらり羽根を光らせて、すじかいに、空へ舞上った。と思うと、それが又礫を投げるように、落として来て、太郎の鼻の先を一文字に、向うの板庇の下へはいる。

太郎は、歩きながら、思い出したように、はたはたと、黄紙の扇を使った。——

（そう云う月日が、続くともなく続く中に、己は、偶然あの女と養父との関係に、気がついた。尤も己一人が、沙金を自由にする男でないと云う事も、知っていなかった訳ではない。沙金自身さえ、関係した公卿の名や法師の名を、何度も自慢らしく己に話した事がある。が、己はこう思った。あの女の肌は、大ぜいの男を知っているかも知れない。けれども、あの女の心は、己だけが占有している。そうだ、女の操は、体にはない。——己は、こうと信じて、己の嫉妬を抑えていた。勿論これも、あの女から、知らず知らず己が教った、考え方にすぎないかも知れない。が、兎も角もそう思

うと、己の苦しい心は幾分か楽になった。しかし、あの女と養父との関係は、それとちがう。

己は、それを感づいた時に、何とも云えず、不快だった。そう云う事をする親子なら、殺して飽きたらない。それを黙って見る実の母の、猪熊の婆も亦、畜生より、無残な奴だ。こう思った己は、あの酔いどれの老爺の顔を見る度に、何度太刀へ手をかけたか、わからない。が、沙金はその度に、己の前で、殊更、手ひどく養父を莫迦にした。そうしてその見え透いた手くだが又、不思議に己の心を鈍らせた。「私は阿父さんが嫌で嫌で仕方がないんです」と云われれば、養父を悪く気にはなっても、沙金を悪む気には、どうしてもなれない。そこで、己と養父とは、今日が今日まで、互に睨み合いながら、何事もなくすぎて来た。もしあのお爺にもう少し、勇気があったなら、――いや、己にもう少し、勇気があったなら、己たちはとうの昔、どちらか死んでいた事であろう。……）

頭を上げると、太郎は何時か二条を折れて、耳敏川に跨っている、焼太刀のように、日を反射して、絶えてはつづく葉柳と家々との間に、かすかなせせらぎの音を立てている。その川の遥か下

に、黒いものが二つ三つ、鵜の鳥かと思うように、流れの光りを乱しているのは、大方町の子供たちが、水でも浴びているのであろう。

太郎の心には、一瞬の間、幼かった昔の記憶が、——弟と一しょに、五条の橋の下で、鮠を釣った昔の記憶が、この炎天に通う微風のように、かなしく、なつかしく、返って来た。が、彼も弟も、今は昔の彼等ではない。

太郎は、橋を渡りながら、うすい痘痕のある顔に、又険しい色を閃かせた。——

（すると、突然或日、その頃筑後の前司の小舎人になっていた弟が、盗人の疑いをかけられて、左の獄へ入れられたと云う知らせが来た。放免をしている己には、獄中の苦しさが、誰よりもよく、わかっている。己は、まだ筋骨のかたまらない弟の身の上を、自分の事のように、心配した。そこで、沙金に相談すると、あの女はさも訳がなさそうに、「牢を破ればいいじゃないの」と云う。側にいた猪熊の婆も、しきりにそれをすすめてくれる。己は、とうとう覚悟をきめて、沙金と一しょに、五六人の盗人を語り集めた。そうして、その夜己の中に、獄を擾がして、難なく弟を救い出した。その時、受けた創の痕は、今でも己の胸に残っている。が、それよりも忘れられないのは、己がその時始めて、放免の一人を斬り殺した事であった。あの男の鋭い叫び声と、

それから、あの血の臭いとは、未だ己の記憶を離れない。こう云う今でも、己はそれを、この蒸暑い空気の中に、感じるような心もちがする。

その翌日から、己と弟とは、猪熊の沙金の家で、人目を忍ぶ身になった。一度罪を犯したからは、正直に暮すのも、危い世渡りをして行くのも、検非違使の眼にかりがない。どうせ死ぬ位なら、一日も長く生きていよう。そう思った己は、とうとう沙金の云うなりになって、弟と一しょに盗人の仲間入をした。それからの己は、火もつける。人も殺す。悪事と云う悪事で、何一つしなかったものはない。己は何時の間にか、悪始めは、いやいやした。が、して見ると、意外に造作がない。勿論、それも事を働くのが、人間の自然かも知れないと思い出した。…………）

太郎は、半ば無意識に辻をまがった。辻には、石でまわりを積んだ一囲いの土饅頭があって、その上に石塔婆が二本、並んで、午後の日に赫と、照りつけられている。その根元には又、何匹かの蜥蜴が、煤のように黒い体を、気味悪くへばりつかせていたが、太郎の足音に驚いたのであろう、彼の影の落ちるよりも早く、一度にざわめきながら、四方へ散った。が、太郎は、それに眼をやる気色もない。――

（己は、悪事をつむに従って、益〻沙金に愛着を感じて来た。人を殺すのも、盗みをするのも、みんなあの女故である。——現に牢を破ったのさえ、次郎を助けようと思う外に、一人の弟を見殺しにすると、沙金に晒されるのを、恐れたからであった。
——そう思うと、猶更己は、何に換えても、あの女を失いたくない。
その沙金を、己は今、肉身の弟に奪われようとしている。己が命を賭けて助けてやった、あの次郎に奪われようとしている。奪われようとしているのか、或は、もう奪われているのか、それさえも、はっきりはわからない。沙金の心を疑わなかった己は、あの女が外の男をひっぱりこむのも、善くない仕事の方便として、許していた。それから、養父との関係も、あのお爺が親の威光で、何も知らない中に、誘惑したと思えば、眼をつぶって、すごせない事はない。が、次郎との仲は、別である。
己と弟とは、気だてが変っているようで、実は見かけ程、変っていない。尤も顔貌は、七八年前の痘瘡が、己には重く、弟には軽かったので、次郎は、生れついた眉目をその儘に、うつくしい男になったが、己はその為に隻眼つぶれた、生れもつかない不具になった。その醜い、隻眼の己が、今まで沙金の心を捕えていたとすれば、（これも、己のうぬ惚れだろうか）それは己の魂の力に相違ない。しかも、弟は、同じ親から生まれた弟も、己に変りなく持っている。そうして、その魂は、誰の眼にも

己よりはうつくしい。そう云う次郎に、沙金が心を惹かれるのは、元より理の当然である。その上又、次郎の方でも、己にひきくらべて考えれば、到底あの女の誘惑に、勝てようとは思われない。いや、己は、始終己の醜い顔を恥じている。そうして、大抵の情事には、自らひかえ目になっている。それでさえ、沙金には、気違いのように、恋をした。まして、自分の美しさを知っている次郎が、どうして、あの女の見せる媚びを、返さずにいられよう。——

こう思えば、次郎と沙金とが、近づくようになるのは、無理もない。が、無理がないだけ、それだけ、己には苦痛である。弟は、沙金を己から奪おうとする。——それも、沙金の全部を、己から奪おうとする。何時かは、そうして必ず。ああ、己の失うのは、独り沙金ばかりではない。弟も一しょに失うのだ。そうして、その代りに、次郎と云う名の敵が出来る。——己は、敵には用捨しない。敵も、己に用捨はしないだろう。そうなれば、落ち着く所は、今から予めわかっている。弟を殺すか、己が殺されるか。……)

太郎は、死人の臭いが、鋭く鼻を打ったのに、驚いた。が、彼の心の中の死が、臭ったと云う訳ではない。見ると、猪熊の小路の辺、とある網代の塀の下に腐爛した子

供の屍骸が二つ、裸の儘、積み重ねて捨ててある。はげしい天日に、照りつけられたせいか、変色した皮膚の所々が、べっとりと紫がかった肉を出して、その上には又青蠅が、何匹となく止まっている。そればかりではない。一人の子供のうつむけた顔の下には、もう足の早い蟻がついた。――

太郎は、目のあたりに、自分の行く末を見せつけられたような心もちがした。そうして、思わず下唇を緊く嚙んだ。――

（殊に、この頃は、沙金も己を避けている。たまに会っても、いい顔をした事は、一度もない。時々は己に面と向って、悪口さえきく事がある。己はその度に腹を立てた。打った事もある。蹴った事もある。が、打っている中に、蹴っている中に、己は何時でも、己自身を折檻しているような心もちがした。それも無理はない。己の二十年の生涯は、沙金のあの眼の中に宿っている。だから沙金を失うのは、今までの己を失うのと、変りはない。

沙金を失い、弟を失い、そうしてそれと共に己自身も失ってしまう。己はすべてを失う時が来たのかも知れない。………）

そう思う中に、彼は、もう猪熊の婆の家の、白い布をぶら下げた戸口へ来た。まだここまでも、死人の臭いは、伝わって来るが、戸口の傍に、暗い緑の葉を垂れた枇杷があって、その影が僅かながら、涼しく窓に落ちている。この木の下を、この戸口へはいった事は、何度あるかわからない。が、これからは？

太郎は、急に或気づかれを感じて、一味の感傷にひたりながら、その眼に涙をうかべて、そっと戸口へ立ちよった。すると、その時である。家の中から、忽ちけたたましい女の声が、猪熊の爺の声に交って、彼の耳を貫いた。沙金なら、捨てては置けない。

彼は、入口の布をあげて、うすぐらい家の中へ、忙しく一足ふみ入れた。

　　　　四

猪熊の婆に分れると、次郎は、重い心を抱きながら、立本寺の門の石段を、一つつ数えるように上って、その所々剝落した朱塗の丸柱の下へ来て、疲れたように腰を下した。流石の夏の日も、斜につき出した、高い瓦に遮られて、ここまではさして来ない。後を見ると、うす暗い中に、一体の金剛力士*が青蓮花を踏みながら、左手の杵

を高くあげて、胸のあたりに燕の糞をつけたまま、寂然と境内の昼を守っている。
——次郎は、此処へ来て、始めて落着いて、自分の心もちが考えられるような気になった。

日の光は、不相変目の前の往来を、照り白らませて、その中にとびかう燕の羽を、さながら黒繻子か何かのように、光らせている。大きな日傘をさして、白い水干を着た男が一人、青竹の文挾に挾んだ文を持って、暑つそうにゆっくり通った後は、向うに続いた築土の上へ、影を落す犬もない。

次郎は、腰にさした扇をぬいて、その黒柿の骨を、一つずつ指で送ったり、もどしたりしながら、兄と自分との関係を、それからそれへ、思い出した。——何で自分は、こう苦しまなければ、ならないのであろう。たった一人の兄は、自分を敵のように思っている。顔を合せる毎に、こちらから口をきいても、浮かない返事をして、話の腰を折ってしまう。それも、自分と沙金とが、今のような事になって見れば、無理のない事に相違ない。が、自分は、あの女に会う度に、始終兄にすまないと思っている。別して、会った後のさびしい心もちでは、よく兄がいとしくなって、人知れない涙もこぼしこぼしした。現に、一度なぞは、この儘、兄にも沙金にも別れて、東国へでも下ろうとさえ、思った事がある。そうしたら、兄も自分を憎まなくな

るだろうし、自分も沙金を忘れられるだろう。そう思って、よそながら暇乞いをするつもりで、兄の所へ会いにゆくと、兄は何時も、そっけなく、自分をあしらった。そうして、沙金に会うと、――今度は自分が、折角の決心を忘れてしまう。が、その度に、自分はどの位、自分自身を責めた事であろう。

しかし、兄には、自分のこの苦しみがわからない。唯一図に、自分を、恋の敵だと思っている。自分は、兄に罵られてもいい。顔に唾されてもいい。或は場合によっては、殺されてもいい。が、自分が、どの位自分の不義を憎んでいるか、どの位兄に同情しているか、それだけは、察していて貰いたい。その上でならば、どんな死に様をするにしても、兄の手にかかれば、本望だ。いや、寧、この頃の苦しみよりは、一思いに死んだ方が、どの位仕合せだかわからない。

自分は、沙金に恋をしている。が、同時に憎んでもいる。あの女の多情な性質は、考えただけでも、腹立たしい。その上に、絶えず嘘をつく。それから、兄や自分でさえためらうような、虐い人殺しも、平気でする。時々、自分は、あの女の淫な寝姿を眺めながら、どうして、自分がこんな女に、ひかされるのだろうと思ったりした。殊に、見ず知らずの男にも、慣々しく肌を任せるのを見た時には、一そ自分の手で、殺してやろうかと云う気にさえなった。それ程、自分は、沙金を憎んでいる。が、あ

の女の眼を見ると、自分はやっぱり、誘惑に陥ってしまう。あの女のように、醜い魂と、美しい肉身とを持った人間は、外にいない。

この自分の憎しみも、兄にはわかっていないらしい。いや、元来兄は、自分のように、あの女の獣のような心を、憎んではいないらしい。たとえば、沙金と外の男との関係を見るにしても、兄と自分とは全く眼がちがう。あの女が誰と一しょにいるのを見ても、黙っている。あの女の一時の気まぐれは、気まぐれとして、許しているらしい。が、自分は、そう行かない。自分にとっては、沙金が肌身を汚す事は、同時に沙金が心を汚す事だ。或は心を汚すより、以上の事のように思われる。には、あの女の心が、外の男に移るのも許されない。が、肌身を外の男に任せるのは、それよりも猶、苦痛である。それだからこそ、自分は兄に対しても、嫉妬をする。すまないとは思いながら、嫉妬をする。して見ると、兄と自分との恋は、まるでちがう考が、元になっているのではあるまいか。そうしてそのちがいが、余計二人の仲を、悪くするのではあるまいか。……

次郎は、ぼんやり往来を眺めながら、こんな事をしみじみと考えた。すると、丁度その時である。突然、けたたましい笑い声が、まばゆい日の光を動かして、往来のどちらかから聞えて来た。と思うと、癇高い女の声が、舌のまわらない男の声と一しょ

になって、人も無げに、淫な冗談を云いかわして来る。次郎は、思わず扇を腰にさして、立上った。

が、柱の下をはなれて、彼の前を通りかかった、まだ石段へ足を下すか下さない中に、小路を南へ歩いて来た二人の男女が、彼の前を通りかかった。

男は、樺桜の直垂に梨打の烏帽子をかけて、打出しの太刀を闊達に佩いた、三十ばかりの年配で、どうやら酒に酔っているらしい。女は、白地にうす紫の模様のある衣を着て、市女笠に被衣をかけているが、声と云い、物ごしと云い、紛れもない沙金である。——次郎は、石段を下りながら、じっと唇を嚙んで、眼を外らせた。が、二人とも、次郎には、眼をかける容子がない。

「じゃよくって。きっと忘れちゃいやよ」

「大丈夫だよ。己がひきうけたからは、大船に乗った気でいるがいい」

「だって、私の方じゃ命がけなんですもの。この位、念を押さなくちゃしようがないわ」

男は赤鬚の少しある口を、咽まで見える程、あけて笑いながら、指で、ちょいと沙金の頰を突いた。

「己の方も、これで命がけさ」

「うまく云っているわ」
二人は、寺の門の前を通りすぎて、さっき次郎が猪熊の婆と別れた辻まで行くと、そこに足をとめた儘、暫くは、人目も恥じず、ふざけ合っていたが、やがて、男は、振りかえり振りかえり、何か頬にからかいながら、辻を東へ折れてしまう。女は、踵をめぐらして、まだくすくす笑いながら、又こっちへ帰って来る。——次郎は、石段の下に佇んで、うれしいのか情ないのか、わからないような感情に動かされながら、子供らしく顔を赤らめて、被衣の中から覗いている、沙金の大きな黒い眼を迎えた。
「今のやつを見た？」
沙金は、被衣を開いて、汗ばんだ顔を見せながら、笑い笑い、問いかけた。
「見なくってさ」
「あれはね。——まあ此処へかけましょう」
二人は、石段の下の段に、肩をならべて、腰を下した。幸、ここには門の外に、唯一本、細い幹をくねらした、赤松の影が落ちている。
「あれは、藤判官の所の侍なの」
沙金は、石段の上に腰を下さないのに、市女笠をぬいで、こう云った。小柄な、手足の動かし方に猫のような敏捷さがある。中肉の、二十五六の女である。顔は、

恐しい野性と異常な美しさとが、一つになったとでも云うのであろう、狭い額とゆたかな頬と、鮮かな歯と淫らな唇と、鋭い眼と鷹揚な眉と、――すべて、一つになり得そうもないものが、不思議にも一つになって、しかもそこに、爪ばかりの無理もない。が、中でも見事なのは、肩にかけた髪で、これは、日の光の加減によると、黒い上につややかな青みが浮く。さながら、烏の羽根と違いがない。次郎は、何時見ても変らない女のなまめかしさを、寧憎いように感じたのである。
「そうして、お前さんの情人なんだろう」
沙金は、眼を細くして笑いながら、無邪気らしく、首をふった。
「あいつの莫迦と云ったら、ないのよ。妾の云う事なら、何でも、犬のようにきくじゃないの。おかげで、何も彼も、すっかりわかってしまった」
「何がさ」
「何がって、藤判官の屋敷の容子がよ。そりゃ一方ならないお饒舌なんでしょう。さっきなんぞは、この頃、あすこで買った馬の話まで、話して聞かしたわ。――そうそう、あの馬は太郎さんに頼んで盗ませようかしら。陸奥出の三才駒だって云うから、満更でもないわね」
「そうだ。兄貴なら、何でもお前の御意次第だから」

「いやだわ。嫉妬をやかれるのは、妾大きらい。それも、太郎さんなんぞ、——そりやはじめは、妾の方でも、少しはどうとか思ったけれど、今じゃもう何でもないわ」
「その中に、私の事もそう云う時が来やしないか」
「それは、どうだかわかりやしない」
沙金は、又癇高い声で、笑った。
「怒ったの？ じゃ、来ないって云いましょうか」
「内心女夜叉さね。お前は」
次郎は、顔をしかめながら、足下の石を拾って、向うへ投げた。
「そりゃ、女夜叉かも知れないわ。唯、こんな女夜叉に惚れられたのが、あなたの因果だね。——まだ疑っているの。じゃ妾、もう知らないからいい」
沙金は、こう云って、暫くじっと、往来を見つめていたが、急に鋭い眼を、次郎の上に転じると、忽冷な微笑が、唇をかすめて、一過した。
「そんなに疑うのなら、いい事を教えて上げましょうか」
「いい事？」
「ええ」
女は、顔を次郎の側へ持って来た。うす化粧のにおいが、汗にまじって、むんと鼻

をつく。——次郎は、身の中がむず痒い程、烈しい衝動を感じて、思わず顔を側へむけた。
「妾ね、あいつにすっかり、話してしまったの」
「何を?」
「今夜、みんなで藤判官の屋敷へ、行くと云う事を」
次郎は、耳を信じなかった。息苦しい官能の刺戟も、一瞬の間に消えてしまう。——彼は唯、疑わしげに、空しく女の顔を見返した。
「そんなに驚かなくったっていいわ。何でもない事なのよ」
沙金は、稍声を低めて、嘲笑うような調子を出した。
「妾こう云ったの。妾の寝る部屋は、あの大路面の檜垣のすぐ側なんですが、昨夜その檜垣の外で、きっと盗人でしょう。五六人の男が、あなたの所へはいる相談をしているのが聞えました。それがしかも、今夜なんです。お馴染み甲斐に、教えて上げましたから、それ相当の用心をしないと、あぶのうございますよって。だから、今夜は、きっと向うにも、手くばりがあるわ。あいつも、今人を集めに行った所なの。二十人や三十人の侍は、くるにちがいなくってよ」
「どうして又、そんな余計な事をしたのさ」

次郎は、まだ落着かない容子で、当惑したらしく、沙金の眼を窺った。沙金は、気味悪く、微笑した。そうして、左の手で、そっと次郎の右の手に、さわりながら、

「余計じゃないわ」

「あなたの為にしたの」

「どうして？」

こう云いながら、次郎の心には、恐しい或ものが感じられた。まさか——

「まだわからない？ そう云って置いて、太郎さんに、馬を盗む事を頼めば——ね。いくら何だって、一人じゃかなわないでしょう。いえさ、外のものが加勢をしたって、知れたものだわ。そうすれば、あなたも妾も、いいじゃないの」

次郎は、全身に水を浴びせられたような心もちがした。

沙金は、扇を弄びながら、素直に頷いた。

「兄貴を殺す！」

「殺しちゃ悪い？」

「悪いよりも——兄貴を罠にかけて——」

「じゃあなた殺せて？」

次郎は、沙金の眼が、野猫のように鋭く、自分を見つめているのを感じた。そうして、その眼の中に、恐しい力があって、それが次第に自分の意志を、痲痺させようとするのを感じた。
「しかし、それは卑怯だ」
「卑怯でも、仕方がなくはない？」
沙金は、扇をすてて、静に両手で、次郎の右の手をとらえながら、追窮した。
「それも、兄貴一人やるのならいいが、仲間を皆、あぶない目に遇わせてまで──」
こう云いながら、次郎は、しまったと思った。狡猾な女は勿論、この機会を見のがさない。
「一人やるのならいいの？　なぜ？」
次郎は、女の手をはなして、立上った。そうして、顔の色を変えた儘、黙って、沙金の前を、右左に歩き出した。
「太郎さんを殺していいんなら、仲間なんぞ何人殺したって、いいでしょう」
沙金は、下から次郎の顔を見上げながら、一句を射た。
「お婆はどうする？」
「死んだら、死んだ時の事だわ」

次郎は、立止って、沙金の顔を見下した。女の眼は、侮蔑と愛欲とに燃えて炭火のように熱を持っている。

「あなたの為なら、妾誰を殺してもいい」

この語の中には、蝎のように、人を刺すものがある。次郎は、再一種の戦慄を感じた。

「しかし、兄貴は——」

「妾は、親も捨てているのじゃない？」

こう云って、沙金は、眼を落すと、急に張りつめた顔の表情が弛んで、焼砂の上へ、日に光りながらはらはらと涙が落ちた。

「もうあいつに話してしまったのに。——今更取返しはつきはしない。——そんな事がわかったら、妾は——妾は、仲間に——太郎さんに殺されてしまうじゃないの」

その切れ切れな語と共に、次郎の心には、自ら絶望的な勇気が、湧いて来る。血の色を失った彼は、黙って、土に膝をつきながら、冷い両手に緊く、沙金の手をとらえた。

彼等は二人とも、その握りあう手の中に、恐しい承諾の意を感じたのである。

## 五

　白い布をかかげて、家の中に一足ふみこんだ太郎は、意外な光景に驚かされた。

　見ると、広くもない部屋の中には、厨へ通う遣戸が一枚、斜に網代屛風の上へ、倒れかかって、その拍子にひっくり返ったものであろう、燃え残った青松葉を、灰と一しょにふりまいている。その灰を頭から浴びて、ちぢれ髪の、色の悪い、肥った、十六七の下衆女が一人、これも酒肥りに肥った、禿頭の老人に、髪の毛をつかまれながら、怪しげな麻の単衣の、前も露に取乱した儘、足をばたばた動かして、気違いのように、悲鳴を上げる——と、老人は、左手に女の髪をつかんで、右手に口の欠けた瓶子を、空ざまにさし上げながら、その中に煤けた液体を、強いて相手の口へ注ぎこもうとする。が、液体は、徒に女の顔を、眼と云わず、鼻と云わず、うす黒く横流するだけで、口へは、殆どはいらないらしい。そこで老人は、愈、気を苛って無理に女の口を、割ろうとする。女は、とられた髪も、ぬける程強く、頭を振って、一滴もそれを飲むまいとする。

手と手と、足と足とが、互にもつれたり、はなれたりして、明い処から、急にうす暗い家の中へはいった。太郎の眼には、どちらがどちらの体とも、わからない。が、二人が誰だと云う事は、勿論一目見て、それと知れた。——

太郎は、草履を脱ぐ間ももどかしそうに、慌しく部屋の中へ躍りこむと、突嗟に老人の右の手をつかんで、苦もなく瓶子をもぎはなしながら、怒気を帯びて、一喝した。

「何をする？」

太郎の鋭いこの語は、忽噛みつくような、老人の語で答えられた。

「おぬしこそ、何をする」

「己か。己ならこうするわ」

太郎は、瓶子を投げすてて、更に相手の左の手を、女の髪からひき離すと、足をあげて老人を、遣戸の上へ蹴倒した。不意の救いに驚いたのであろう、阿濃は慌てて、一二間這いのいたが、老人の後へ倒れたのを見ると、神仏をおがむように、太郎の前へ手を合せて、震えながら頭を下げた。と思うと、乱れた髪もつくろわずに、脱兎の如く身を翻して、徒跣の儘、縁を下へ、白い布をひらりとくぐる。——猛然として、追いすがろうとする猪熊の爺を、太郎が再一蹴して、灰の中に倒した時には、彼女は既に息を切らせて、枇杷の木の下を北へ、こけつまろびつして、走っていた。

「助けてくれ。人殺しじゃ」

老人は、こうわめきながら、始の勢にも似ず、網代屏風をふみ倒して、厨の方へ逃げようとする。――太郎は、すばやく猿臂をのべて、浅黄の水干の襟上をつかみながら、相手をそこへ引き倒した。

「人殺し。人殺し。助けてくれ。親殺しじゃ」

「莫迦な事を。誰がおぬしなぞを殺すものか」

太郎は、膝の下に老人を押し伏せた儘、こう高らかに、嘲笑った。が、それと同時に、この老爺を殺したいと云う欲望が、抑え難い程強く、起って来た。殺すのには、勿論何の面倒もない。唯、一突き――あの赤い皮のたるんでいる頸を、唯、一突き突きさえすれば、それでもう万事が完ってしまう。突き透した太刀の鋒が、畳へはいる手答えと、その太刀の柄へ感じて来る、断末魔の身もだえと、そうして、その太刀を押し戻す勢で、溢れて来る血の臭いと、――そう云う想像は、葛巻きの太刀*の柄へのばさせた。

「嘘じゃ。嘘じゃ。おぬしは、何時もわしを殺そうと思うている。――やい、誰か助けてくれ。人殺しじゃ。親殺しじゃ」

猪熊の爺は、相手の心を見透したのか、又一しきりはね起きようとして、すまいながら、必死になって、わめき立てた。
「おぬしは、何で阿濃を、あのような目にあわせた。さあその仔細を云え。云わねば……」
「云う。云う。——云うがな。云った後でも、おぬしの事じゃ。殺さないものでも、なかろう」
「うるさい。云う。云う。云うか、云わぬか」
「云う。云う。云う。が、先ず、そこを放してくれ。これでは、息がつまって、口がきけぬわ」

太郎は、それを耳にもかけないように、殺気立った声で、いら立たしく繰返した。
「云うか、云わぬか」
「云うともな。あれは唯、わしが薬をのましょうと思うたのじゃ。それを、あの阿濃の阿呆めが、どうしても飲みおらぬ。されば、ついわしも手荒な事をした。それだけじゃ。いや、まだある。薬をこしらえおったのは、お婆じゃ、わしの知った事ではない」

「薬？　では、堕胎薬だな。いくら阿呆でも、嫌がる者をつかまえて、非道なことをする老爺だ」
「それ見い。云えと云うから、云えば、猶おぬしは、わしを殺す気になるわ。人殺し。極道」
「誰がおぬしを殺すと云った？」
「殺さぬ気なら、何故おぬしこそ、太刀の柄へ手をかけているのじゃ」
老人は、汗にぬれた禿頭を仰向けて、上眼に太郎を見上げながら、口角に泡をためて、こう叫んだ。太郎は、はっと思った。殺すなら、今だと云う気が、心頭をかすめて、一閃する。彼は思わず、膝に力を入ながら、太刀の柄を握りしめて、老人の頸のあたりをじっと見た。僅かに残った胡麻塩の毛が、後頭部を半ば蔽った下に、二筋の腱が、赤い鳥肌の皮膚の皺を、そこだけ目だたないように、のばしている。——太郎は、その頸を見た時に、不思議な憐憫を感じ出した。

「人殺し。親殺し。嘘つき。親殺し。親殺し」
猪熊の爺は、つづけさまに絶叫しながら、漸く、太郎の膝の下からはね起きた。はね起きると、すばやく倒れた遣戸を小楯にとって、きょろきょろ、眼を左右にくばりながら、隙さえあれば、逃げようとする。——その一面に赤く地腫れのした、眼も鼻

も歪んでいる、狡猾らしい顔を見ると、太郎は、今更のように、殺さなかったのを後悔した。が、彼は徐に太刀の柄から手を離すと、彼自身を憫むような苦笑を唇に浮べながら、手近の古畳の上へしぶしぶ腰を下した。

「おぬしを殺すような太刀は、持たぬわ」

「殺せば、親殺しじゃて」

彼の容子に安心した、猪熊の爺は、そろそろ遣戸の後から、にじり出ながら、太郎の坐ったのと、すじかいに敷いた畳の上へ、自分も落ちつかない尻を据えた。

「おぬしを殺して、何で親殺しになる？」

太郎は、眼を窓にやりながら、吐き出すように、こう云った。沙金が、わしの義理の子じゃ。されば、つながるおぬしも、子ではないか」

た窓の中には、枇杷の木が、葉の裏表に日を受けて、明暗さまざまな緑の色を、ひっそりと風のない梢にあつめている。

「親殺しじゃよ。——何故と云えばな。何だ。畜生かな、それとも亦、人間かな」

「じゃ、その子を妻にしているおぬしは、何だ。畜生かな、それとも亦、人間かな」

老人は、さっきの争いに破れた、水干の袖を気にしながら、唸るような声で云った。

「畜生でも、親殺しはすまいて」

太郎は、唇を歪めて、嘲笑った。
「不相変、達者な口じゃ」
「何が達者な口だて」
　猪熊の爺は、急に鋭く、太郎の顔を睨めたが、やがて又、鼻で笑いながら、
「されば、おぬしにきくがな、おぬしは、このわしを、親と思うか。いやさ、親と思う事が出来るかよ」
「きくまでもないわ」
「出来まいな」
「おお、出来ない」
「それが手前勝手じゃ。よいか。沙金はお婆のつれ子じゃよ。が、わしの子ではない。されば、お婆につれそうたわしが、沙金を子じゃと思わねばならぬなら、うおぬしも、わしを親じゃと思わねばなるまいがな。それをおぬしは、わしを親とも思わぬ。思わぬどころか、場合によっては、打ち打擲もするではないか。そのおぬしが、わしにばかり、沙金を子と思えとは、どう云う訳じゃ。妻にして悪いとは、どう云う訳じゃ。沙金を妻にするわしが、畜生なら、親を殺そうとするおぬしも、畜生ではないか」

老人は、勝ち誇った顔色で、皺だらけの人さし指を、相手につきつけるようにしながら、眼をかがやかせて、饒舌り立てた。
「どうじゃ。わしが無理か、おぬしが無理か、いかなお主にも、この位な事はわかるであろう。それもわしとお婆とは、まだわしが、左兵衛府の下人をしておった頃からの昔馴染じゃ。お婆が、わしをどう思うたか、それは知らぬ。が、わしはお婆を懸想していた」

太郎は、こう云う場合、この酒飲みの、狡猾な、卑しい老人の口から、こう云う昔語りを聞こうとは夢にも思っていなかった。いや、寧、この老人に、人並の感情があるかどうか、それさえ疑わしいと、思っていた。懸想した猪熊の爺と懸想された猪熊の婆と、——太郎は、自ら自分の顔に、一脈の微笑が浮んで来るのを感じたのである。

「その中に、わしはお婆に情人がある事を知ったがな」
「そんなら、おぬしは嫌われたのじゃないか」
「情人があったとて、わしの嫌われたと云う、証拠にはならぬ。話の腰を折るなら、もう止めじゃ」

猪熊の爺は、真顔になって、こう云ったが、すぐ又、膝をすすめて、太郎の方へ

じり寄りながら、唾をのみのみ、話し出した。
「その中に、お婆がその情人の子を妊んだて。が、これは何でもない。は、その子を生むと、間もなく、お婆の行方が、わからなくなってしもうたじゃ。人に聞けば、疫病で死んだの、筑紫へ下ったのと云いおるわ。後で聞けば、何の、奈良坂のしるべの許へ、一時身を寄せておったげじゃ。が、わしは、それから俄に、この世が味気なくなってしもうた。されば、酒も飲む、賭博も打つ。遂には、人に誘われて、まんまと強盗にさえ身を堕したがな。綾を盗めば綾につけ、錦を盗めばにつけ、思い出すのは、唯、お婆の事じゃ。それから十年たち、十五年たって、やっと又お婆に、めぐり会って見れば——」
今では全く、太郎と一つ畳に坐りこんだ老人は、ここまで話すと、次第に感情が昂ぶって来たせいか、暫くは唯、涙に頬を濡らしながら、口ばかり動かして、黙っている。太郎は、隻眼をあげて、別人を見るように、相手のべそを掻いた顔を眺めた。
「めぐり会って見れば、お婆は、もう昔のお婆ではない。わしも、昔のわしでなかったのじゃ。が、つれている子の沙金を見れば、昔のお婆が、帰って来たかと思う程、俤がよう似ているて。されば、わしはこう思うた。今、お婆に別れれば、沙金とも亦別れなければならぬ。もし沙金と別れまいと思えば、お婆と一しょになるばかりじ

や。よし、ならば、お婆を妻にしよう——こう思切って、持ったのが、この猪熊の痩せ世帯じゃ。…………」

猪熊の爺は、泣き顔を、太郎の顔の側へ持って来ながら、涙声でこう云った。すると、その拍子に、今まで気のつかなかった、酒くさい臭いが、ぷんとする。——太郎は、呆気にとられて、扇のかげに、鼻をかくした。

「されば、昔から今日の日まで、わしが命にかけて思うたのは、唯、昔のお婆一人ぎりじゃ。つまりは今の沙金一人ぎりじゃよ。それを、おぬしは、何かにつけて、わしを畜生じゃなどと云う。この老爺がおぬしは、それ程憎いのか。憎ければ、一そ殺すがよい。今ここで、殺すがよい。おぬしに殺されればわしも本望じゃ。が、よいか、親を殺すからは、おぬしも、畜生じゃぞよ。畜生が畜生を殺す——これは、面白かろう」

涙が乾くに従って、老人は又、元のように、ふて腐れた悪態をつきながら、皺だらけの人さし指をふり立てた。

「畜生が畜生を殺すのじゃ。さあ殺せ。おぬしは、卑怯者じゃな。ははあ、さっき、わしが阿濃に薬をくれようとしたら、おぬしが腹を立てたのを見ると、あの阿呆を孕ませたのも、おぬしらしいぞ。そのおぬしが、畜生でのうて、何が畜生じゃ」

こう云いながら、老人は、一はやく、倒れた遣戸の向うへとび退いて、すわと云えば、逃げようとする気配を示しながら、紫がかった顔中の造作を、憎々しく歪めて見せる。——太郎は、あまりの雑言に堪え兼ねて、立上りながら、太刀の柄へ手をかけたが、やめて、唇を急に動かすと、忽ち相手の顔へ、一塊の痰を吐きかけた。
「おぬしのような畜生には、これが丁度、相当だわ」
「畜生呼ばわりは、措いてくれ。沙金は、おぬしばかりの妻かよ。次郎殿の妻でもないか。されば、弟の妻を偸むおぬしもやはり、畜生じゃ」
太郎は、再びこの老爺を殺さなかった事を後悔した。が、同時に又、殺そうと云う気の起る事を惧れもした。そこで、彼は、隻眼を火のように閃めかせながら、黙って、席を蹴って去ろうとする——すると、その後から、猪熊の爺は又、指をふりふり、罵詈を浴びせかけた。
「おぬしは、今の話をほんとうだと思うか。あれは、みんな嘘じゃ。婆が昔馴染じゃと云うのも、嘘なら、沙金がお婆に似ていると云うのも嘘じゃ。よいか。あれは、みんな嘘じゃ。が、咎めたくも、おぬしは咎められまい。わしは嘘つきじゃよ。おぬしに殺されそくなった、人でなしじゃよ。……畜生じゃよ。おぬしは、こう唾罵を飛ばしながら、追い追い、呂律がまわらなくなって来た。が、
老人は、こう唾罵を飛ばしながら、追い追い、呂律がまわらなくなって来た。が、

猶も濁った眼に懸命の憎悪を集めながら、足を踏み鳴らして、意味のない事を叫びつづける。――太郎は、堪え難い嫌悪の情に襲われて、耳を掩うようにしながら、匆々、猪熊の家を出た。外には、稍傾きかかった日がさして、不相変その中を、燕が軽々と流れている。――

「何処へ行こう」

外へ出て、思わずこう小首を傾けた太郎は、ふとさっきまでは、自分が沙金に会うつもりで、猪熊へ来たのに、気がついた。が、どこへ行ったら、沙金に会える、当てもない。

「ままよ。羅生門へ行って、日の暮れるのでも待とう」

彼のこの決心には、勿論、幾分沙金に会えると云う望みが、隠れている。沙金は、日頃から、強盗にはいる夜には、好んで、男装束に身をやつした。その装束や打物*は、皆羅生門の楼上に、皮子*へ入れてしまってある。――彼は、心をきめて、小路を南へ、大股に歩き出した。

それから、三条を西へ折れて、耳敏川の向う岸を、四条まで下って行く――丁度、その四条の大路へ出た時の事である。太郎は、一町を隔てて、この大路を北へ、立本寺の築土の下を、話しながら通りかかる、二人の男女の姿を見た。

朽葉色の水干とうす紫の衣とが、影を二つ重ねながら、はればれした笑声を後に残して、小路から小路へ通りすぎる。めまぐるしい燕の中に、男の黒鞘の太刀が、きらりと日に光ったかと思うと、二人はもう見えなくなった。

太郎は、額を曇らせながら、思わず路側に足をとめて、苦しそうに呟いた。

「どうせみんな畜生だ」

　　　　六

更けやすい夏の夜は、早くも亥の上刻に迫って来た。——

月はまだ上らない。見渡す限り、重苦しい暗の中に、声もなく眠っている京の町は、加茂川の水面がかすかな星の光をうけて、ほのかに白く光っているばかり、大路小路の辻々にも、今は漸く灯影が絶えて、内裏と云い、芒原と云い、町家と云い、悉、静かな夜空の下に、色も形も朧げな、ただ広い平面を、際限もなく拡げている。それが又、右京左京の区別なく、何処も森閑と音を絶って、たまに耳にはいるのは、すじかいに声を飛ばす時鳥の外に、何もない。もしその中に一点でも、人なつかしい火がゆらめいて、かすかなものの声が聞えるとすれば、それは、香の煙のたちこめた大

寺の内陣で、金泥も緑青も所斑な、孔雀明王の画像を前に、常燈明の光をたのむ参籠の人々か、さもなくば、四条五条の橋の下で、短夜の芥火の影に偸む乞食法師の群であろう。或は又、夜な夜な、往来の人をおびやかす朱雀門の古狐が、瓦の上、草の間に、ともすともなくともすと云う、鬼火の類であるかも知れない。が、その外は、北は千本、南の鳥羽街道の境を尽して、蚊遣りの煙のにおいのする、夜色の底に埋もれながら、河原蓬の葉を動かす、微風もまるで知らないように、沈々として更けている。

その時、王城の北、朱雀大路のはずれにある、羅生門のほとりには、時ならない弦打ちの音が、さながら蝙蝠の羽音のように、互に呼びつ答えつして、或は一人、或は三人、或は五人、或は八人、怪しげな出立ちをしたものの姿が、次第に何処からか、つどって来た。覚つかない星明りに透かして見れば、太刀を佩くもの、矢を負うもの、斧を執るもの、戟を持つもの、皆それぞれ、得物に身を固めて、脛布藁沓の装いも甲斐々々しく、門の前に渡した石橋へ、むらむらと集って、列を作る——と、まっさきには、太郎がいた。それにつづいて、さっきの争いも忘れたように、猪熊の爺が、物々しく鉾の先を、きらりと暗に閃かせる。続いて、次郎、猪熊の婆、少し離れて、沙金は一人、黒い水干に太刀を佩いて、胡簶を背に阿濃もいる。それにかこまれて、沙金は一人、黒い水干に太刀を佩いて、胡簶を背に

弓杖をつきながら、一同を見渡して、あでやかな口を開いた。
「いいかい。今夜の仕事は、何時もより手ごわい相手なんだからね。皆そのつもりでいておくれ。さしずめ十五六人は、太郎さんと一しょに、裏から、後は妾と一しょに、表からはいって貰おう。中でも目ぼしいのは、裏の厩にいる陸奥出の馬だがね。これは、太郎さん、あなたに頼んで置くわ。よくって」
太郎は、黙って星を見ていたが、これを聞くと、唇を歪めながら、頷いた。
「それから断って置くが、女子供を質になんぞとっては、いけないよ。あとの始末が面倒だからね。じゃ、人数が揃ったら、そろそろ出かけよう」
こう云って、沙金は弓をあげて、一同を麾いたが、しょんぼり、指を嚙んで立っている、阿濃を顧みると、又やさしく語を添えた。
「じゃ、お前は此処で、待っていておくれ。一刻か二刻で、皆帰ってくるからね」
阿濃は、子供のように、うっとり沙金の顔を見て、静に合点した。
「されば、行こう。ぬかるまいぞ、多襄丸」
猪熊の爺は、戟をたばさみながら、隣にいる仲間をふり返った。蘇芳染の水干を着た相手は、太刀の鍔を鳴らして、「ふふん」と云った儘、答えない。その代りに、斧をかついだ、青髭のさわやかな男が、横あいから、口を出した。

「おぬしこそ、又影法師なぞにおびえまいぞ」

これと共に、二十三人の盗人どもは、ひとしく忍び笑いを洩らしながら、沙金を中に、雨雲のむらがる如く、一団の殺気をこめて、朱雀大路へ押し出すと、溝を溢れた泥水が、窪地々々へ引かれるように暗にまぎれて、何処へ行ったか、忽の中に、見えなくなった。………

　　　　　七

　後には、唯、何時か月しろのした、うす明い空にそむいて、羅生門の高い甍が、寂然と大路を見下しているばかり、又しても時鳥の声が遠近に断続して、今まで七丈五級の大石段に、佇んでいた阿濃の姿も、どこへ行ったか、見えなくなって間もなく、門上の楼に、おぼつかない灯がともって、窓が一つ、かたりと開くと、その窓から、遠い月の出を眺めている、小さな女の顔が出た。阿濃は、こうして、次第に明くなって行く京の町を、目の下に見下しながら、胎児の動くのを感じる毎に、独りうれしそうに、ほほ笑んでいるのである。

　次郎は、二人の侍と三頭の犬とを相手にして、血にまみれた太刀を揮いながら、小

路を南へ二三町、下るともなく下って来た。今は沙金の安否を気づかっている余裕もない。侍は衆をたのんで、隙間もなく斬りかける。犬も毛の逆立った背を聳やかして、前後を嫌わず、飛びかかった。折からの月の光に、往来は、ほのかながら、打つ太刀をたがわせない程に、明くなっている。——次郎は、その中で、人と犬とに四方を囲まれながら、必死になって、斬りむすんだ。

相手を殺すか、相手に殺されるか、二つに一つより生きる路はない。彼の心には、こう云う覚悟と共に、殆、常軌を逸した、兇猛な勇気が、刻々に力を増して来た。相手の太刀を受止めて、それを向うへ斬返しながら、足もとを襲おうとする犬を、突嗟に横へ躱してしまう。——彼は、この働きを殆同時にした。そればかりではない。どうかするとその拍子に斬返した太刀を、逆にまわして、後から来る犬の牙を、防がなければならない事さえある。それでも流石に何時か疵をうけたのであろう。月明りにすかして見ると、赤黒いものが一すじ、汗ににじんで、左の小鬢から流れている。彼は、唯、色を失った額に、秀でた眉を一文字に顰めながら、恰も太刀に使われる人のように、烏帽子も落ち、水干も破れた儘、縦横に刃を交えているのである。

それがどの位続いたか、わからない。が、やがて、上段に太刀をふりかざした侍の

一人が、急に半身を後へそらせて、けたたましい悲鳴をあげたと思うと、次郎の太刀は、早くもその男の脾腹を斜に、腰のつがいまで斬りこんだのであろう。骨を切る音が鈍く響いて、横に薙いだ太刀の光が、うす暗やみをやぶってきらりとする。――と、その太刀が宙におどって、もう一人の侍の太刀を、丁と下から払ったと見る間に、相手は肘をしたたか斬られて、矢庭に元来た方へ、敗走した。それを次郎が追いすがりざまに、斬ろうとしたのと、狩犬の一頭が鞠のように身をはずませて、彼の手下へかぶりついたのとが、殆、同時の働きである。彼は、一足後へとびのきながら、ふりかむった血刀の下に、全身の筋肉が一時に弛むような気落ちを感じて、月に黒く逃げてゆく相手の後姿を見送った。そうしてそれと共に、悪夢から覚めた人のような心もちで、今自分のいる所が、外ならない立本寺の門前だと云う事に気がついた。――

これから半刻ばかり以前の事である。藤判官の屋敷を、表から襲った偸盗の一群は、中門の右左、車宿の内外から、思いもかげず射出した矢に、先胆を破られる。まっさきに進んだ真木島の十郎が、太腿を篦深く射られて、云るようにどうと倒れる。それを始めとして、瞬く間に二三人、或は顔を破り、或は臂を傷けて、慌しく後を見せた。射手の数は、勿論何人だかわからない。が、染羽白羽の尖り矢は、中には物々しい鏑の音さえ交えて、又一しきり飛んで来る。後に下っていた沙金でさえ、遂には黒

い水干の袖を斜に、流れ矢に射透された。
「御頭に怪我をさすな。射ろ。射ろ。味方の矢にも、鏃があるぞ」
交野の平六が、斧の柄をたたいて、こう罵ると、「おう」と云う答えがあって、忽盗人の中からも、亦矢叫びの声が上り始める。太刀の柄に手をかけて、やはり後に下っていた次郎は、平六のこの語に、一種の苛責を感じながら、見ないようにして沙金の顔を横からそっと覗いて見た。沙金は、この騒ぎの中にも冷然と佇みながら、口角の微笑もかくさず、じっと矢の飛び交月の光にそむきいて、弓杖をついたまま、又いら立たしい声を上げて、横あいから、うのを、眺めている。
 ――すると、平六が、こう叫んだ。
「何故十郎を捨てて置くのじゃ。おぬしたちは矢玉が恐しゅうて、仲間を見殺しにする気かよ」
 太腿を縫われた十郎は、立ちたくも立てないのであろう、太刀を杖にして居ざりながら、丁度羽根をぬかれた鴉のように、矢を避け避け、もがいている。次郎は、それを見ると、異様な戦慄を覚えて、思わず腰の太刀をぬき払った。が、平六はそれを知ると、流し眄にじろりと彼の顔を見て、
「おぬしは、お頭に附添うていればよい。十郎の始末は、小盗人で沢山じゃ」と、嘲

次郎は、この語に皮肉な侮蔑を感じて、唇を嚙みながら、鋭く平六の顔を見返した。
——すると、丁度その途端である。十郎を救おうとして、ばらばらと走り寄った、盗人たちの機先を制して、耳をつんざく一声の角を合図に、紛々として乱れる矢の中を、門の内から耳の尖った、牙の鋭い、狩犬が六七頭すさまじい唸り声を立てながら、夜目にも白く埃を巻いて、まっしぐらに衝いて出た。続いてその後から十人十五人、手に手に打物を取った侍が、先を争って屋敷の外へ、ひしめきながら溢れて来る。味方も勿論、見てはいない。斧をふりかざした平六を先に立てて、太刀や鉾が林のように、きらめきながら並んだ中から、人とも獣ともつかない声を、誰とも知らずわっと上げると、始めのひるんだ気色にも似ず一度に備えを立て直して、猛然として殺到する。
沙金も、今は弓にたかうすべの矢を番えて、まだ微笑を絶たない顔に、一脈の殺気を浮べながら、すばやく路ばたの築土の壊れを小楯にとって、身がまえた。——
やがて敵と味方は、見る見る一つになって、気の違ったようにわめきながら、無二無三に打合い始めた。その中に又、狩犬がけたたましく、血に餓えた声を響かせて、戦はいずれが勝つとも、暫くの間はわからない。そこへ一人、裏へまわった仲間の一人が、汗と埃とにまみれながら、二三カ所薄

手を負うた容子で、血に染まった儘かけつけた。肩にかついだ太刀の刃のこぼれでは、この方の戦も、やはり存外手痛かったらしい。
「あっちは皆ひき上げますぜ」
その男は、月あかりにすかしながら、沙金の前へ来ると、息を切らし切らし、こう云った。
「何しろ肝腎の太郎さんが、門の中で、奴等に囲まれてしまったと云う騒ぎでしてな」
沙金と次郎とは、うす暗い築土の影の中で、思わず眼と眼を見合せた。
「囲まれて、どうしたえ」
「どうしたか、わかりません。が、事によると、——まあそれもあの人の事だから、万々大丈夫だろうとは思いますがな」
次郎は、顔をそむけながら、沙金の側を離れた。が、小盗人は勿論そんな事は、気にとめない。
「それにお爺やお婆まで、手を負ったようでした。あの分じゃ殺された奴も、四五人はありましょう」
沙金は頷いた。そうして次郎の後から追いかけるように、険のある声で、

「じゃ、私たちもひき上げましょう。次郎さん、口笛を吹いて頂戴」と云った。

次郎は、あらゆる表情が、凝り固まったような顔をしながら、左手の指を口へ含んで、鋭く二声、口笛を飛ばせた。これが、仲間にだけ知られている、引揚げの時の合図である。が、盗人たちは、この口笛を聞いても、踵をめぐらす容子がない。(実は、人と犬とにとりかこまれてめぐらすだけの余裕がなかったせいであろう)口笛の音は、蒸暑い夜の空気を破って、空しく小路の向うに消えた。そうしてその後に、人の叫ぶ声と、犬の吠える声と、それから太刀の打ち合う音とが、遥な空の星を動かして、一層騒然と、立ちのぼった。

沙金は、月を仰ぎながら、稲妻の如く眉を動かした。

「仕方がないわね。じゃ、私たちだけ帰りましょう」

そう云う話のまだ完らない中に、そうして、次郎がそれを聞かないもののように、再び指を口に含んで相図を吹こうとした時に、盗人たちの何人かが、むらむらと備えを乱して、左右へ分れた中から、人と犬とが一つになって、二人の近くへ迫って来た。

――と思うと、沙金の手に弓返りの音がして、まっさきに進んだ白犬が一頭、たかうすべの矢に腹を縫われて、苦鳴と共に、横に仆れる。見る間に、黒血がその腹から、斑々として砂に垂れた。が、犬に続いた一人の男は、それにも悸じず、太刀をふりか

ざして、横あいから次郎に斬ってかかる。その太刀が、殆ど無意識に受けとめた、次郎の太刀の刃を打って、鏘然とした響きと共に、瞬く間、火花を散らした。――次郎はその時、月あかりに、汗にぬれた赤鬚と切り裂かれた樺桜の直垂とを、相手の男に認めたのである。

　彼は直下に、立本寺の門前を、ありありと眼に浮べた。そうして、それと共に、恐しい疑惑が、突然として、彼を脅かした。沙金はこの男と腹を合せて、兄のみならず、自分をも殺そうとするのではあるまいか。一髪の間にこう云う疑いを抱いた次郎は、眼の前が暗くなるような怒りを感じて、相手の太刀の下を、脱兎の如く、くぐりぬけると、両手に緊く握った太刀を、奮然として、相手の胸に突き刺した。そうして、一たまりもなく仆れる相手の男の顔を、したたか藁沓でふみにじった。
　彼は、相手の血が、生暖い彼の手にかかったのを感じた。太刀の先が肋の骨に触れて、強い抵抗を受けたのを感じた。そうして又、断末魔の相手が、ふみつけた彼の藁沓に、下から何度も噛みついたのを感じた。それらが、彼の復讐心に、快い刺戟を与えたのは、勿論である。が、それにつれて、彼は又、或名状し難い心の疲労に、襲われた。もし周囲が周囲だったら、彼は必そこに身を投げ出して、飽くまで休息を貪った事であろう。しかし、彼が相手の顔をふみつけて、血のしたたる太刀を向うの胸か

ら引きぬいている中に、もう何人かの侍は、四方から彼をとり囲んだ。いや、既に後から、忍びよった男の鉾は、危く鉾を、彼の背に擬している。が、その男は、不意に前へよろめくと、鉾の先に次郎の水干の袖を裂いて、うつむけにがくりと仆れた。たかうすべの矢が一筋、颯然と風を切りながら、ゆりゆって後頭部へ、ぐさと篦深く立ったからである。

それから後の事は、次郎にも、まるで夢のようにしか思われない。彼は唯、前後左右から落ちて来る太刀の中に、獣のような唸り声を出して、相手を選ばず渡り合った。周囲に沸き返っている、声とも音ともつかない物の響と、その中に出没する、血と汗とにまみれた人の顔と、――その外のものは、何も眼にはいらない。唯、流石に、後にのこして来た沙金の事が、太刀から迸る火花のように、時々心に閃いた。が、閃いたと思う中に、刻々迫って来る生死の危急が、忽ちそれを搔消してしまう。そうして、その後には又、太刀音と矢叫びとが、天を掩う蝗の羽音のように、築土にせかれた小路の中で、とめどもなく湧き返った。――次郎は、こう云う勢に促されて、何時か二人の侍と三頭の犬とに追われながら、小路を南へ少しずつ斬り立てられて来たのである。

が、相手の一人を殺し、一人を追払った後で、犬だけなら、恐れる事もないと思っ

たのは、結局次郎の空だのみにすぎなかった。犬は三頭ながら、大きさも毛なみも一対な茶まだらの逸物で、贄もこれにくらべれば、小さい事はあっても、大きい事はない。それが皆、口のまわりを人間の血に濡らして、前に変らず彼の足下へ、左右から襲いかかった。一頭の頤を蹴返すと、一頭が肩先へ躍りかかる。それと同時に、一頭の牙が、すんでに太刀を持った手を、嚙もうとした。と又、三頭とも巴のように、彼の前後に輪を画いて、尾を空ざまに上げながら、砂のにおいを嗅ぐように、頤を前足へすりつけて、びょうびょうと吠え立てる。——相手を殺したのに、気のゆるんだ次郎は、前よりも一層、この狩犬の執拗い働きに悩まされた。

しかも、いら立てば立つ程、彼の打つ太刀は皆空を斬って、ややともすれば、足場を失わせようとする。犬は、その隙に乗じて、熱い息を吐きながら、休みなく肉薄した。もうこうなっては、唯、窮余の一策しか残っていない。そこで、彼は、事によったら、犬が追いあぐんで、どこかに逃げ場が出来るかも知れないと云う、一縷の望みにたよりながら、打ち外した太刀を引いて、折から足を狙った犬の背を危く向うへとび越えると、月の光を便りにして、ひた走りに走り出した。が、元よりこの企ても、所詮は溺れようとするものが、藁でもつかむのと変りはない。犬は、彼が逃げるのを見ると、斉しくきりりと尾を捲いて、後足に砂を蹴上げながら真一文字に追いすがっ

が、彼のこの企ては、単に失敗したと云うだけの事ではない。実はそれが為に、反って虎口にはいるような事が出来たのである。——次郎は立本寺の辻をきわどく西へ切れて、ものの二町と走るか走らない中に、忽、行く手の夜を破って、今自身を追っている犬の声より、より多く犬の声が、耳を貫いて起るのを聞いた。それから、月に白らんだ小路をふさいで、黒雲に足のはえたような犬の群が、右往左往に入り乱れて、餌食を争っている様が見えた。最後に——それは殆ど寸刻の暇もなかった位である。すばやく彼を駆けぬけた狩犬の一頭が、友を集めるように高く吠えると、そこに狂っていた犬の群は、悉、相呼び相答えて、一度に狺々の声をあげながら、見る間に彼を、その生きて動く、饐い毛皮の渦巻きの中へ捲きこんだ。深夜、この小路に、こうまで犬の集まっていたのは、元より何時もある事ではない。次郎は、この廃都を我物顔に、十二、二十と頭を揃えて、血の臭いに餓えて歩く、獰猛な野犬の群が、ここに捨ててあった疫病の女を、宵の中から餌食にして、互に牙を嚙みながら、そのちぎれちぎれな肉や骨を、奪合っている所へ、来たのである。

犬は、新しい餌食を見ると、一瞬の暇もなく、嵐に吹かれて飛ぶ稲穂のように、八方から次郎へ飛びかかった。たくましい黒犬が、太刀の上を躍り越えると、尾のない

狐に似た犬が、後から来て、肩をかすめる。血に濡れた口髭が、ひやりと頬にさわったかと思うと、砂だらけな足の毛が、斜に眉の間を撫でた。斬ろうにも突こうにも、どれと相手を定める事が出来ない。前を見ても、唯、青くかがやいている眼と、絶えず喘いでいる口とがあるばかり、しかもその眼とその口が、数限りもなく、路を埋めて、ひしひしと足下に迫って来る。――次郎は、太刀を輪わしながら、急に、猪熊の婆の話を思い出した。「どうせ死ぬなら一思いに死んだ方がいい」彼は、そう心に叫んで、潔く眼をつぶったが、喉を嚙もうとする犬の息が、暖く顔へかかると、思わず又、眼を開いて、横なぐりに太刀をふるった。何度それを繰返したか、わからない。しかし、その中に、腕の力が、次第に衰えて来たのであろう、打つ太刀が、一太刀毎に重くなった。今では踏む足さえ危くなった。そこへ、斬った犬の数よりも、遥に多い野犬の群が、或は芒原の向うから、或は築土の壊れをぬけて、続々として、つどって来る。――

　次郎は、絶望の眼をあげて、天上の小さな月を一瞥しながら、太刀を両手にかまえた儘、兄の事や沙金の事を、一度に石火の如く、思い浮べた。――兄を殺そうとした自分が、反って犬に食われて死ぬ。これより至極な天罰はない。――そう思うと、彼の眼には、自ら涙が浮んだ。が、犬はその間も、用捨はしない。さっきの狩犬の一頭が、

ひらりと茶まだらな尾をふるったかと思うと、次郎は忽左の太腿に、鋭い牙の立ったのを感じた。

するとその時である。月にほのめいた両京二十七坊の夜の底から、かまびすしい犬の声を圧して遥に憂々たる馬蹄の音が、風のように空へあがり始めた。……

　　　　　　　　　　―

しかしその間も阿濃だけは、安らかな微笑を浮べながら、遠くの月の出を眺めている。東山の上が、うす明く青んだ中に、早に痩せた月は、徐にさみしく、中天に上って行く。それにつれて、加茂川にかかっている橋が、その白々とした水光りの上に、何時か暗く浮上って来た。

独り加茂川ばかりではない。さっきまでは、眼の下に黒く死人のにおいを蔵していた京の町も、僅かの間に、つめたい光の鍍金をかけられて、今では、越の国の人が見ると云う蜃気楼のように、塔の九輪や伽藍の屋根を、おぼつかなく光らせながら、ほのかな明るみと影との中に、あらゆる物象を、ぼんやりとつつんでいる。町をめぐる山々も、日中のほとぼりを返しているのであろう、自ら頂を朧げな月明りにぼかしながら、どの峯も、じっと物を思ってでもいるように、うすい靄の上から、静に荒廃し

た町を見下している——と、その中で、かすかに凌霄花のにおいがした。門の左右を埋める藪の所々から、簇々と蔓をのばしたその花が、今では古びた門の柱にまといついて、ずり落ちそうになった瓦の上や、蜘蛛の巣をかけた榱の間へ、はい上ったのがあるからであろう。……

　窓によりかかった阿濃は、鼻の穴を大きくして、思入れ凌霄花のにおいを吸いながら、なつかしい次郎の事を、そうして、早く日の目を見ようとして、動いている胎児の事を、それからそれへと、とめどなく思いつづけた。——彼女は双親を覚えていない。生れた所の容子さえ、もう完く忘れている。何でも幼い時に一度、この羅生門のような、大きな丹塗の門の下を、誰かに抱くか、負われかして、通ったと云う記憶があある。が、これも勿論、どの位ほんとうだか、確な事はわからない。唯、どうにかこうにか、覚えているのは、物心がついてから後の事ばかりである。そうして、それが又、覚えていない方がよかったと思うような事ばかりである。或時は、町の子供にいじめられて、五条の橋の上から河原へ、さかさまにつき落された。或時は、饑にせまってした盗みの咎で、裸の儘、地蔵堂の梁へつり上げられた。それがふと沙金に助けられて、自然とこの盗人の群にはいったが、それでも苦しい目にあう事は、以前と少しも変りがない。白痴に近い天性を持って生まれた彼女にも、苦しみを、苦しみと

して感じる心はある。阿濃は猪熊の婆の気に逆らっては、よくむごたらしく打擲された。阿濃を可愛がってくれる沙金でさえ、癇に障ると、彼女の髪の毛をつかんで、ずるずる引きずりまわす事がある。まして、外の盗人たちは、打つにも叩くにも、用捨はない。阿濃は、その度に何時もこの羅生門の上へ逃げて来ては、独りでしくしく泣いていた。もし次郎が来なかったら、そうして時々、やさしい語をかけてくれなかったら、恐らくとうにこの門の下へ身を投げて、死んでしまっていた事であろう。

煤のようなものが、ひらひらと月にひるがえって、藁の下から、窓の外をうす青い空へ上がった。云うまでもなく蝙蝠である。阿濃は、その空へ眼をやって、疎な星に、うっとりと眺め入った。——すると又一しきり、腹の児が、身動きをする。彼女は急に耳をすますようにして、その身動きに気をつけた。彼女の心が、人間の苦しみをのがれようとして、もがくように、腹の児は又、人間の苦しみを嘗めに来ようとして、もがいている。が、阿濃は、そんな事は考えない。唯、母になると云う喜びだけが、そうして、又、自分も母になれると云う喜びだけが、この凌霄花のにおいのように、さっきから彼女の心を一ぱいにしているからである。

その中に、彼女はふと、胎児が動くのは、眠れないからではないかと思い出した。

事によると、眠られない余りに、小さな手や足を動かして、泣いてでもいるのかも知れない。「坊やはいい児だね。おとなしく、ねんねしてお出で、今にじき夜が明けるよ」——彼女は、こう胎児に囁いた。が、腹の中の身動きは、止みそうで、容易に止まない。その中に痛みさえ、どうやら少しずつ加わって来る。阿濃は、窓を離れて、その下に蹲りながら、結び燈台のうす暗い灯にそむいて、腹の中の児を慰めようと、細い声で唄をうたった。

　　君をおきて
　　あだし心を
　　われ持たばや
　　なよや、末の松山
　　波も越えなむや
　　波も越えなむ

うろ覚えに覚えた唄の声は、灯のゆれるのに従って、ふるえふるえ、しんとした楼の中に断続した。唄は、次郎が好んでうたう唄である。酔うと、彼は必ず扇で拍子をとりながら、眼をねむって、何度もこの唄をうたう。沙金はよく、その節廻しが可笑しいと云って、手を打って笑った。——その唄を、腹の中の児が、喜ばないと云う筈

はない。

しかし、その児が、実際次郎の胤かどうか、それは、誰も知っているものがない。阿濃自身も、この事だけは、完く口をつぐんでいる。たとえ盗人たちが、意地悪く児の親を問いつめても、彼女は両手を胸に組んだ儘、恥しそうに眼を伏せて、愈執拗く黙ってしまう。そう云う時は、必垢じみた彼女の顔に女らしい血の色がさして、何時か睫毛にも、涙がたまって来る。盗人たちは、それを見ると、阿呆な彼女を嘲笑った。が、阿濃は胎児が次郎の子だと云う事を、緊く心の中で信じている。そうして、自分の恋している次郎の子だと信じている。この楼の上で、独りさびしく寝る毎に、必夢に見るあの次郎が、親でなかったとしたならば、誰がこの児の親であろう。——阿濃は、この時、唄をうたいながら、遠い所を見るような眼をして、蚊に刺されるのも知らずに、現ながらの夢を見た。人間の苦しみを忘れた、しかも又人間の苦しみに色づけられた、うつくしく、傷しい夢である。（涙を知らないものの見る事が出来る夢ではない）そこでは、一切の悪が、眼底を払って、消えてしまう。が、人間の悲しみだけは、——空をみたしている月の光のように、大きな人間の悲しみだけは、やはりさびしく厳に残っている。……

なよや、末の松山
　浪も越えなむや
　浪も越えなむ

　唄の声は、ともし火の光のように、次第に細りながら消えて行った。そうして、それと共に、力のない呻吟の声が、暗を誘う如く、かすかに洩れ始めた。阿濃は、唄の半ばで、突然下腹に、鋭い疼痛を感じ出したのである。

　相手の用意に裏を掻かれた盗人の群は、裏門を襲った一隊も、防ぎ矢に射しらまされたのを始めとして、中門を打って出た侍たちに、やはり手痛い逆撃を食わせられた。高が青侍の腕だと思い侮っていた先手の何人かも、算を乱しながら、背を見せる——中でも、臆病な猪熊の爺は、誰よりも先に逃げかかったが、どうした拍子か、方角を誤って、太刀をぬきつれた侍たちの唯中へ、はいるともなく、はいってしまった。酒肥りのした体格と云い、物々しく鉾を提げた容子と云い、一かど手なみのすぐれたものと、思われでもしたのであろう。侍たちは、彼を見ると、互に目くばせを交しながら、二人三人、鋒を揃えた儘、じりじり前後から、つめよせて来た。

「逸るまいぞ。わしはこの殿の家人じゃ」

猪熊の爺は、苦しまぎれに慌しくこう叫んだ。

「嘘をつけ。——おのれにたばかれるような阿呆と思うか。——往生際の悪い老爺じゃ」

侍たちは、口々に罵りながら、早くも太刀を打ちかけようとする。もうこうなっては、逃げようとしても逃げられない。猪熊の爺の顔は、とうとう死人のような色になった。

「何が嘘じゃ。何が嘘じゃよ」

彼は、眼を大きくして、あたりを見廻しながら、逃げ場はないかと気をあせった。額には、つめたい汗が湧いて来る。手もふるえが止まらない。が、周囲は、何処を見ても、虐たらしい生死の争いが、盗人と侍との間に戦われているばかり、烈しい太刀音と叫喚の声とが、一塊になった敵味方の中から、ひっきりなしにあがって来る。——所詮逃げられないと覚った彼は、眼を相手の上に据えると、忽、別人のように、兇悪な気色になって、上下の歯をむき出しながら、すばやく鉾をかまえて、威丈高に罵った。

「嘘をついたがどうしたのじゃ。阿呆。外道。畜生。さあ来い」

こう云う語と共に、鉾の先からは、火花が飛んだ。中でも屈竟な、赤痣のある侍が一人、衆に先んじて傍から、無二無三に斬ってかかったのである。が、元より年をとった彼が、この侍の相手になる訳はない。まだ十合と刃を合せない中に、見る見る、鉾先がしどろになって、次第に後へ下って行く。それがやがて小路のまん中まで、斬り立てられて来たかと思うと、相手は、大きな声を出して、彼が持っていた鉾の柄を、見事に半ばから、切り折った。と、又一太刀、今度は、右の肩先から胸へかけて、袈裟がけに浴せかける。猪熊の爺は、尻居に仆れて、とび出しそうに大きく眼を見ひらいたが、急に恐怖と苦痛とに堪えられなくなったのであろう、慌てて高這いに這いのきながら、声をふるわせて、わめき立てた。

「欺し討じゃ。欺し討を、食わせおった。助けてくれ。欺し討じゃ」

赤痣の侍は、その後から又、のび上って、血に染んだ太刀をふりかざした。その時もし、どこからか猿のようなものが、走って来て、帷子の裾を月にひるがえしながら、彼等の中へとびこまなかったとしたならば、猪熊の爺は、既に、あえない最期を遂げていたのに相違ない。が、その猿のようなものは、彼と相手との間を押しへだてると、突嗟に小刀を閃めかして、そうして、それと共に、相手の乳の下へ刺し通した。横に払った太刀をあびて、恐しい叫び声を出しながら、焼け火箸でも踏んだように、

勢いよくとび上ると、その儘、向うの顔へしがみついて、二人一しょにどうと仆れた。それから、二人の間には、殆人間とは思われない、猛烈な攫み合いが、始まった。打つ。嚙む。髪をむしる。しばらくは、どちらがどちらともわからなかったが、やがて、猿のようなものが、上になると、再小刀がきらりと光った中に、組みしかれた男の顔は、痣だけ元のように赤く残しながら、見ている中に、色が変った。すると、相手もその儘、力が抜けたのか、侍の上へ折り重なって、仰向けにぐたりとなる――その時、始めて月の光にぬれながら、息も絶え絶えに喘いでいる、皺だらけの、蟇に似た、猪熊の婆の顔が見えた。

老婆は、肩で息をしながら、侍の屍体の上に横たわって、まだ相手の髻をとらえた、左の手もゆるめずに、しばらくは苦しそうな呻吟の声をつづけていたが、やがて白い眼を、ぎょろりと一つ動かすと、干からびた唇を、二三度無理に動かして、

「お爺さん。お爺さん」と、かすかに、しかもなつかしそうに、自分の夫を呼びかけた。が、誰もこれに答えるものはない。猪熊の爺は、老女の救を得ると共に、打物も何も投げすてて、こけつまろびつ、血に辷りながら、逸早くどこかへ逃げてしまった。その後にも勿論、何人かの盗人たちは、小路の其処此処に、得物を揮って、必死の戦をつづけている。が、それらは皆、この垂死の老婆にとって、相手の侍と同じよ

うな、行路の人に過ぎないのであろう。——猪熊の婆は、次第に細って行く声で、何度となく、夫の名を呼んだ。そうして、その度に、答えられないさびしさを、負うている創の痛みよりも、より鋭く味わされた。しかも、刻々衰えて行く視力には、次第に周囲の光景が、ぽんやりと霞んで来る。唯、自分の上にひろがっている大きな夜の空と、その中にかかっている小さな白い月と、それより外のものは、何一つはっきりとわからない。

「お爺さん」

老婆は、血の交った唾を、口の中にためながら、囁くようにこう云うと、それなり恍惚とした、失神の底に、——恐らくは、さめる時のない眠りの底に、昏々として沈んで行った。……

その時である。太郎は、そこを栗毛の裸馬に跨って、血にまみれた太刀を、口に啣えながら、両の手に手綱をとって、嵐のように通りすぎた。馬は云うまでもなく、沙金が目をつけた、陸奥出の三才駒であろう。既に、盗人たちがちりぢりに、死人を残して引き揚げた小路は、月に照らされて、さながら霜を置いたようにうす白い。彼は、乱れた髪を微風に吹かせながら、馬上に頭をめぐらして、後に罵り騒ぐ人々の群を、誇らかに眺めやった。

それも無理はない。彼は、味方の破れるのを見ると、よしや何物を得なくとも、この馬だけは奪おうと、堅く心に決したのである。そうして、その決心通り、葛巻きの馬の太刀を揮い揮い、手に立つ侍を斬り払って、単身門の中に踏みこむと、苦もなく厩の戸を蹴破って、この馬の覇綱を切るより早く、背に飛びのる間も惜しいように、遮るものを蹄にかけて、一散に宙を飛ばした。その為に受けた創も、元より数える暇はない。水干の袖はちぎれ、烏帽子は空しく紐を止めて、寸々に裂かれた袴も、腥い血潮に染まっている。が、それも、太刀と鉾との林の中から、一人に遇えば一人を斬り、二人に遇えば二人を斬って、出て来た時の事を思えば、嬉しくこそあれ、惜しくはない。

――彼は、後を見返り見返り、晴々した微笑を、口角に漂わせながら、昂然として、馬を駆った。

彼の念頭には、沙金がある。と同時に又、次郎もある。彼は、自ら欺く弱さを叱りながら、しかも猶沙金の心が再彼に傾く日を、夢のように胸に描いた。自分でなかったなら、誰がこの馬をこの場合、奪う事が出来るだろう。向うには、人の和があった。しかも地の利さえ占めている。もし次郎だったとしたならば――彼の想像には、一瞬の間、侍たちの太刀の下に、斬り伏せられている弟の姿が、浮んだ。これは、勿論、彼にとって、少しも不快な想像ではない。いや寧彼の中にある或物は、その事実であ

る事を、祈りさえした。自分の手を下さずに、次郎を殺す事が出来るなら、それは独り彼の良心を苦しめずにすむばかりではない。結果から云えば、沙金がその為に、自分を憎む惧もなくなってしまう。そう思いながらも、彼は、流石に自分の卑怯を恥じた。そうして口に啣えた太刀を、右手にとって、徐ろに血をぬぐった。

そのぬぐった太刀を、丁と鞘におさめた時である。折から辻を曲った彼は、行く手の月の中に、二十と云わず三十と云わず、群らがる犬の数を尽して、びょうびょうと吠え立てる声を聞いた。しかも、その中に唯一人、太刀をかざした人の姿が、くずれかかった築土を背負って、朧げながら黒く見える。と思う間に、馬は、高く嘶きながら、長い鬣をさっと振ると、四つの蹄に砂煙をまき上げて、瞬く暇に太郎をそこへ疾風のように持って行った。

「次郎か」

太郎は、我を忘れて、叫びながら、険しく眉を顰めて、弟を見た。次郎も片手に太刀をかざしながら、項を反らせて、兄を見た。そうして刹那に二人とも、相手の瞳の奥にひそんでいる、恐しいものを感じ合った。が、それは、文字通り刹那である。馬は、吠え吼える犬の群に、脅されたせいであろう、首を空ざまにつっとあげると、前足で大きな輪をかきながら、前よりも速に、空へ跳った。後には、唯、濛々とした埃が、

夜空に白く、一しきり柱になって、舞上る。次郎は、依然として、野犬の群の中に、創を蒙った儘、立ちすくんだ。……

太郎は——一時に、色を失った太郎の顔には、もうさっきの微笑の影はない。彼の心の中では、何ものかが、「走れ、走れ」と囁いている。唯、一時、唯、半時、走りさえすれば、それで万事が休してしまう。彼のする事を、何時かしなくてはならない事を、犬が代ってしてくれるのである。「走れ、何故走らない？」囁きは、耳を離れない。そうだ。どうせ何時かしなくてはならない事である。遅いと早いとの相違が何であろう。もし弟と自分と位置を換えたにしても、やはり弟は自分のしようとする事をするに違いない。「走れ。羅生門は遠くはない」太郎は、隻眼に熱を病んだような光を帯びて、半無意識に、馬の腹を蹴った。馬は、尾と鬣とを、長く風になびかせながら、蹄に火花を散らして、まっしぐらに狂奔する。一町二町月明りの小路は、太郎の足の下で、急湍のように後ろに流れた。

すると忽ち又、彼の唇を衝いて、なつかしい語が、溢れて来た。「弟」である。肉身の、忘れる事の出来ない「弟」である。太郎は、緊く手綱を握った儘、血相を変えて歯嚙みをした。この語の前には、一切の分別が眼底を払って、消えてしまう。弟か沙金かの、選択を強いられた訳ではない。直下にこの語が電光の如く彼の心を打った

のである。彼は空も見なかった。路も見なかった。月は猶更眼にはいらなかった。唯見たのは、限りない夜である。夜に似た愛憎の深みである。太郎は、狂気の如く、弟の名を口外に投げると、身のけざまに翻した、片手の手綱を、ぐいと引いた。見る、馬の頭が、向きを変える。と、又雪のような泡が、栗毛の口に溢れて、蹄は、砕けよとばかり、大地を打った。——一瞬の後、太郎は、惨として暗くなった顔に、隻眼を火の如くかがやかせながら、再、元来た方へまっしぐらに汗馬を跳らせていたのである。

「次郎」

近づく儘に、彼はこう叫んだ。心の中に吹き荒ぶ感情の嵐が、この語を機会として、一時に外へ溢れたのであろう。その声は、白燃鉄を打つような響を帯びて、鋭く次郎の耳を貫いた。

次郎は、屹と馬上の兄を見た。それは日頃見る兄ではない。いや、今し方馬を飛ばせて、一散に走り去った兄とさえ、変っている。険しくせまった眉に、緊く、下唇を噛んだ歯に、そうして又、怪しく熱している隻眼に、次郎は、殆ど憎悪に近い愛が、——今まで知らなかった、不思議な愛が燃え立っているのを見たのである。

「早く乗れ。次郎」

太郎は、群る犬の中に、隕石のような勢で、馬を乗り入れると、小路を斜に輪乗りをしながら、叱咤するような声で、こう云った。元より躊躇に、時を移すべき場合ではない。次郎は、矢庭に持っていた太刀を、出来るだけ遠くへ抛り投げると、その後を追って、頭をめぐらす野犬の隙を窺かがい、身軽く馬の平首へおどりついた。太郎も亦またその刹那に猿臂をのばし、弟の襟上をつかみながら、必死になって引ずり上げる。
──馬の頭が、靉靆たてがみに月の光を払って、三度向きを変えた時、次郎は既に馬背にあって、ひしと兄の胸を抱いていた。

と、忽ち一頭、血みどろの口をした黒犬が、すさまじく唸りながら、壺へ飛びあがった。尖った牙が、危く次郎の膝へかかる。馬は、一声嘶いななきながら、早くも尾を宙に振う。あげて、したたか栗毛の腹を蹴った。砂を捲まいて鞍壺へ飛びあがった。
──その尾の先をかすめながら、犬は、空しく次郎の脛布はばきを食いちぎって、うずまく獣の波の中へ、まっさかさまに落ちて行った。

が、次郎は、それをうつくしい夢のように、うっとりした眼でながめていた。彼の眼には、天も見えなければ、地も見えない。唯、彼を抱いている兄の顔が、──半面に月の光をあびて、じっと行く手を見つめている兄の顔が、やさしく、厳おごそかに映っているる。彼は、限りない安息が、徐に心を満して来るのを感じた。母の膝を離れてから、

「兄さん」

馬上にある事も忘れたように、次郎は その時、頬を紺の水干の胸にあてて、はらはらと涙を落したのである。うれしそうに微笑しながら、人通りのない朱雀の大路を、二人は静に馬を進めて行った。兄も黙っていれば、弟も口をきかない。しんとした夜は、唯馬蹄の響に谺をかえして、二人の上の空には涼しい天の河がかかっている。

何年にも感じた事のない、静な、しかも力強い安息である。——

## 八

羅生門の夜は、まだ明けない。下から見ると、つめたく露を置いた甍や、丹塗りの剝げた欄干に、傾きかかった月の光が、いざよいながら、残っている。が、その門の下は、斜につき出した高い檐に、月も風も遮られて、むし暑い暗がりが、絶え間なく藪蚊に刺されながら、饐えたようによどんでいる。藤判官の屋敷から、引き揚げて来た偸盗の一群は、その暗の中にかすかな松明の火をめぐりながら、三々五々、或は立ち或は臥し、或は円柱の根がたに蹲って、さっきから、それぞれ怪我の手当に忙しい。

中でも、一番重手を負ったのは、猪熊の爺である。彼は、沙金の古い桂を敷いた上に、仰向けに横わって、半ば眼をつぶりながら、時々ものに怯えるように、しわがれた声で、うめいている。一時の間、此処にこうしているのか、それとも一年も前から同じように寝ているのか、彼の困憊した心には、それさえ時々はわからない。眼の前には、さまざまな幻が、瀕死の彼を嘲るように、ひっきりなく往来すると、その幻と、現在門の下で起っている出来事とが、彼にとっては、何時か全く同一な世界になってしまう。彼は、時と処とを別たない、昏迷の底に、その醜い一生を、正確に、しかも理性を超越した或順序で、まざまざと再、生活した。

「やい、お婆、お婆はどうした。お婆」

彼は、暗から生まれて、暗へ消えてゆく恐しい幻に脅かされて、身を悶えながら、こう呻った。すると、側から額の創を汗衫の袖で包んだ、交野の平六が顔を出して、

「お婆か。お婆はもう十万億土へ行ってしまうた。大方蓮の上でな、おぬしの来るのを、待ち焦がれている事じゃろう」

云いすてて、自分の冗談を、自分でからからと笑いながら、向うの隅に、真木島の十郎の腿の怪我の手当をしている、沙金の方をふり返って、声をかけた。

「お頭、お爺はちとむずかしいようじゃ。苦しめるだけ、殺生じゃて。わしが止めを

「刺してやろうかと思うがな」

沙金は、あでやかな声で、笑った。

「冗談じゃないよ。どうせ死ぬものなら、自然に死なしておやりな」

「成程な、それもそうじゃ」

猪熊の爺は、この問答を聞くと、或予期と恐怖とに襲われて、体中が一時に凍るような心もちがした。そうして、又大きな声で呻った。平六と同じような理由で、敵に臆病な彼も、今迄に何度、致死期の仲間の者をその鉾の先で、止めを刺したかわからない。それも多くは、人を殺すと云う、唯それだけの興味から、或は自分の勇気を人にも自分にも示そうとする、唯それだけの目的から、進んでこの無残な所業を敢てした。それが今は——

と、誰か、彼の苦しみも知らないように、灯の陰で一人、鼻唄をうたう者がある。

いたち笛ふき
猿かなづ
いなごまろは拍子うつ
きりぎりす

びしゃりと、蚊をたたく音が、それに次いで聞える。中には「ほう、やれ」と拍子

をとったものもあった。二三人が、肩を揺ったけはいで、息のつまったような笑い声を立てる。
——猪熊の爺は、総身をわなわなふるわせながら、まだ生きていると云う事実を確めたい為に、重い眸を開いて、じっとともし火の光を見た。灯は、その焔のまわりに無数の輪をかけながら、執拗い夜に攻められて、心細い光を放っている。と、小さな黄金虫が一匹ぶうんと音を立てて、飛んで来て、その光の輪にはいったかと思うと忽ち羽根を焼かれて、下へ落ちた。青臭いにおいが、一しきり鼻を打つ。
あの虫のように、自分も程なく死ななければならない。死ねば、どうせ蛆と蠅とに、血も肉も食いつくされる体である。ああこの自分が死ぬ。そう思うと、仲間のものは、唄をうたったり笑ったりしながら、何事もないように騒いでいる。それを、猪熊の爺は、名状し難い怒と苦痛とに、骨髄を嚙まれるような心もちがした。そうして、それと共に、何だか轆轤のようにとめどなく廻っている物が、火花を飛ばしながら眼の前へ下りて来るような心もちがした。
「畜生。人でなし。太郎。やい。極道」
まわらない舌の先から、自らこう云う語が、とぎれとぎれに落ちて来る。——真木島の十郎は、腿の創が痛まないように、そっとねがえりをうちながら、喉の渇いたような声で、沙金に囁いた。

「太郎さんは、よくよく憎まれたものさな」
沙金は、眉を顰めながら、ちょいと猪熊の爺の方を見て、頷いた。すると鼻唄をうたったのと同じ声で、
「太郎さんはどうした」と訊ねたものがある。
「まず助かるまいな」
「死んだのを見たと云うたのは、誰じゃ」
「わしは、五六人を相手に斬り合うているのを見た」
「やれやれ、頓生菩提。頓生菩提」
「次郎さんも、見えないぞ」
「これも事によると、同じくじゃ」
　太郎も死んだ。お婆も、もう生きてはいない。自分も、すぐに死ぬであろう。死ぬ。死ぬとは、何だ。何にしても、自分は死にたくない。が、死ぬ。虫のように鳴いている藪蚊の作もなく死んでしまう。──こんな取りとめのない考えが、暗の中に何の造作もなく死んでしまう。──こんな取りとめのない考えが、暗の中に何の造作ものように、四方八方から、意地悪く心を刺して来る。猪熊の爺は、形のない、気味の悪い「死」が、辛抱づよく、丹塗りの柱の向うに、じっと自分の息を窺っているのを感じた。残酷に、しかも又落着いて、自分の苦痛を眺めているのを感じた。そうして、

それが少しずつ居ざりながら、消えてゆく月の光のように、次第に枕下へすりよって来るのを感じた。何にしても、自分は死にたくない。——

夜は誰とか寝む
常陸の介と寝む
寝たる肌もよし
男山の峯のもみぢ葉

さぞ名はたつや

又、鼻唄の声が、油しめ木の音のような呻吟の声と一つになった。と誰か、猪熊の爺の枕もとで、唾をはきながら、こう云ったものがある。

「阿濃の阿呆が見えぬの」

「成程、そうじゃ」

「大方、この上に寝ておろう」

「や、上で猫が啼くぞ」

皆、一時にひっそりとなった。その中を、絶え絶えにつづく猪熊の爺の呻り声と一つになって、かすかに猫の声が聞えて来る。と流れ風が、始めてなま温く、柱の間を吹いて、うす甘い凌霄花のにおいが、何処からかそっと一同の鼻を襲った。

「猫も化けるそうな」
「阿濃の相手には、猫の化けた、老ぼれが相当じゃよ」
すると、沙金が、衣ずれの音をさせて、たしなめるように、こう云った。
「猫じゃないよ。ちょっと誰か行って、見て来ておくれ」
声に応じて、交野の平六が、太刀の鞘を、柱にぶっつけながら、立上った。楼上に通う梯子は、二十幾つの段をきざんで、その柱の向うにかかっている。——一同は、理由のない不安に襲われて、しばらくは誰も口をとざしてしまった。その間を唯、凄霽花のにおいのする風が、又してもかすかに、通りぬけると、忽ち楼上で平六の、何か、わめく声がした。そうして、程なく急いで梯子を下りて来る足音が、慌しく、重苦しい暗をかき乱した。——唯事ではない。
「どうじゃ。阿濃めが、子を産みおったわ」
平六は、梯子を下りると、古被衣にくるんだ、円々したものを、勢よくともし火の下へ出して見せた。女の臭のする、うすよごれた布の中には、生まれたばかりの赤坊が、人間と云うよりは、寧ろ皮を剝いた蛙のように、大きな頭を重そうに動かしながら、醜い顔をしかめて、泣き立てている。うすい産毛と云い、細い手の指と云い、何一つ、嫌悪と好奇心とを、同時に唆らないものはない。——平六は、左右を見まわ

しながら、抱いている赤子を、ふり動かして、得意らしく、しゃべり立てた。
「上へ上って見ると、阿濃め、窓の下へつっ伏したなり、死んだようになって、呻っていると、阿呆とは云え、女の部じゃ。癪かと思うて、側へ行くと、いや驚くまい事か。魚の腸をぶちまけたようなものが、うす暗い中で、啼いているわ。手をやると、それがぴくりと動いた。毛のない所を見れば、猫でもあるまい。じゃてひっつかんで、月明りにかざして見ると、この通り生まれたばかりの赤子じゃ。見い。蚊に食われた と見えて、胸も腹も赤斑らになっているわ。阿濃も、これからはおふくろじゃよ」
松明の火を前に立った、平六のまわりを囲んで、十五六人の盗人は、立つものは立ちも、臥すものは臥して、いずれも皆、首をのばしながら、別人のように、やさしい微笑を含んで、この命が宿ったばかりの、赤い、醜い肉塊を見守った。赤ん坊は、しばらくも、じっとしていない。手を動かす。足を動かす。しまいには、頭を後へそらせて、一しきり又、けたたましく泣き立てた。と、歯のない口の中が見える。
「やあ舌がある」
前に鼻唄をうたった男が、頓狂な声で、こう云った。それにつれて、一同が、創も忘れたように、どっと笑う。——その笑い声の後を追いかけるように、この時、突然、猪熊の爺が、どこにそれだけの力が残っていたかと思うような声で、険しく一同の後

から、声をかけた。
「その子を見せてくれ。よ。その子を。見せないか。やい、極道」
　平六は、足で彼の頭をこづいた。そうして、嚇すような調子で、こう云った。
「見たければ、見ろさ。極道とは、おぬしの事じゃ」
　猪熊の爺は、濁った眼を大きく見開いて、平六が身をかがめながら、無造作につけた赤ん坊を、食いつきそうな容子をして、じっと見た。見ている中に、顔の色が、次第に蠟の如く青ざめて、皺だらけの眦に、涙が玉になりながら、たまって来る。と思うと、ふるえる唇のほとりには、不思議な微笑の波が漂って、今迄にない無邪気な表情が、何時か顔中の筋肉を柔げた。しかも、饒舌な彼が、そうなった儘、口をきかない。一同は、「死」が遂に、この老人を捕えたのを知った。しかし彼の微笑の意味は誰も知っているものがない。
　猪熊の爺は、寝た儘、徐に手をのべて、そっと赤ん坊の指に触れた。と、赤ん坊は、針にでも刺されたように、忽ちいたいたしい泣き声を上げる。平六は、彼を叱ろうとして、そうして、やめた。老人の顔が――血の気を失った、この酒肥りの老人の顔が、その時ばかりは、平生とちがった、犯し難い厳しさに、かがやいているような気がしたからである。その前には、沙金でさえ、恰も何物かを待ち受けるように、息を凝

らしながら、養父の顔を、——そうして又情人の顔を、眼もはなさず見つめている。が、彼はまだ、口を開かない。唯、彼の顔には、秘密な喜びが、折から吹き出した明け近い風のように、静に、心地よく、溢れて来る。彼は、この時、暗い夜の向うに、——人間の眼のとどかない、遠くの空に、さびしく、冷かに明けて行く、不滅な、黎明を見たのである。

「この子は——この子は、わしの子じゃ」

彼は、はっきりこう云って、それから、もう一度赤ん坊の指にふれると、その手が力なく、落ちそうになる。——それを、沙金が、傍からそっと支えた。十余人の盗人たちは、この語を聞かないように、いずれも唾をのんで、身動きもしない。と、沙金が頭を上げて、赤子を抱いた儘、立っている交野の平六の顔を見て、頷いた。

「咳がつまる音じゃ」

平六は、誰に云うともなく、呟いた。——猪熊の爺は、暗に悸えて啼く赤子の声の中に、かすかな苦悶をつづけながら、消えかかる松明の火のように、静に息をひきとったのである。

「爺も、とうとう死んだの」

「さればさ。阿濃を手ごめにした主も、これで知れたと云うものじゃ」

「屍骸は、あの藪中へ埋めずばなるまい」
「鴉の餌食にするのも、気の毒じゃな」
　盗人たちは、口々にこんな事を、うす寒そうに、話し合った。と、遠くで、かすかに、鶏の声がする。何時か夜の明けるのも、近づいたらしい。
「阿濃は？」と沙金が云った。
「わしが、あり合せの衣をかけて、寝かせて来た。あの体じゃて、大事はあるまい」
　平六の答も、日頃に似ずものやさしい。
　その中に、盗人が二人三人、猪熊の爺の屍骸を、門の外へ運び出した。外も、まだ暗い。有明の月のうすい光に、蕭条とした藪が、かすかに梢をそよめかせて、凌霄花のにおいが、愈々濃く、甘く漂っている。時々かすかな音のするのは、竹の葉を辷る露であろう。
「生死事大*」
「無常迅速*」
「生き顔より、死顔の方がよいようじゃな」
「どうやら、前よりも真人間らしい顔になった」
　猪熊の爺の屍骸は、斑々たる血痕に染まりながら、こう云う語の中に、竹と凌霄花

との茂みを、次第に奥深く舁かれて行った。

## 九

翌日、猪熊の或家で、虐たらしく殺された女の屍骸が発見された。年の若い、肥った、うつくしい女で、創の容子では、余程はげしく抵抗したものらしい。証拠ともなる可きものは、その屍骸が口にくわえていた、朽葉色の水干の袖ばかりである。又、不思議な事には、その家の婢女をしていた阿濃と云う女は、同じ所にいながら、薄手一つ負わなかった。この女が、検非違使庁で、調べられた所によると、大体こんな事があったらしい。大体と云うのは、阿濃が天性白痴に近い所から、それ以上要領を得る事が、むずかしかったからである。——

その夜、阿濃は、夜更けて、ふと眼をさますと、太郎次郎と云う兄弟のものと、沙金とが、何か声高かに争っている。どうしたのかと思っている中に、次郎が、いきなり太刀をぬいて、沙金を斬った。沙金は助けを呼びながら、逃げようとすると、今度は太郎が、刃を加えたらしい。それからしばらくは、唯、二人の罵る声と、沙金の苦しむ声とがつづいたが、やがて女の息がとまると、兄弟は、急に抱きあって、長い間

黙って、泣いていた。阿濃は、これを遣り戸の隙間から、覗いていたが、主人を救わなかったのは、完く抱いて寝ている子供に、怪我をさすまいと思ったからである。
　——
　阿濃は、急に顔を赤らめて、こう云った。
「その上、その次郎さんと申しますのが、この子の親なのでございます」
「それから、太郎さんと次郎さんとは、私の所へ来て、たっしゃでいろよと申しました。この子を見せましたら、次郎さんは、笑いながら、頭を撫でてくれましたが、それでもまだ眼には涙が一ぱいたまっておりましたっけ。私はもっとそうしていたかったのでございますが、二人とも、大へんに急いで、すぐに外へ出ますと、大方枇杷の木にでもつないで置いたのでございましょう、馬へとびのって、どこかへ行ってしまいました。馬は二匹ではございません。私が、この子を抱いて、窓から見ておりますと、一匹に二人で乗って行くのが、月がございましたから、よく見えました。その後で、私は、主人の屍骸はその儘にして、そっと又床へはいりました。主人がよく人を殺すのを見ましたから、その屍骸も私には、怖くも何ともなかったのでございます。そうして、阿濃は、罪の無いのが明らかになったので、やっとこれだけの事がわかった。検非違使には、早速自由の身にされた。

それから、十年余り後、尼になって、子供を養育していた阿濃(あのう)は、丹後守何某(たんごのかみなにがし)の随(ずい)身に、驍勇(ぎょうゆう)の名の高い男の通るのを見て、あれが太郎だと人に教えた事がある。成程その男も、うす痘痕(いも)で、しかも隻眼(かため)つぶれていた。
「次郎さんなら、私すぐにも駆けて行って、逢(あ)うのだけれど、あの人は恐(こわ)いから……」
阿濃は、娘のようなしなをして、こう云った。が、それがほんとうに太郎かどうか、それは誰にも、わからない。唯、その男にも弟があって、やはり同じ主人に仕えると云う事だけ、その後(のち)かすかに風聞された。

地獄変

## 一

　堀川の大殿様のような方は、これまでは固より、後の世にも恐らく二人とはいらっしゃいますまい。噂に聞きますと、あの方の御誕生になる前には、大威徳明王の御姿が御母君の夢枕にお立ちになったとか申す事でございますが、兎に角御生れつきから、並々の人間とは御違いになっていたようでございます。でございますから、あの方のなさいました事には、一つとして私どもの意表に出ていないものはございません。早い話が堀川のお邸の御規模を拝見致しましても、壮大と申しましょうか、到底私どもの凡慮には及ばない、思い切った所があるようでございます。中にはまた、そこを色々とあげつらって大殿様の御性行を始皇帝や煬帝に比べるものもございますが、それは諺に云う群盲の象を撫でるようなものでございましょうか。あの方の御思召は、決してそのように御自分ばかり、栄耀栄華をなさろうと申すのではございません。それよりはもっと下々の事まで御考えになる、云わば天下と共

に楽しむとでも申しそうな、大腹中の御器量がございました。

それでございますから、二条大宮の百鬼夜行に御遇いになっても、格別御障りがなかったのでございましょう。又陸奥の塩竈の景色を写したので名高いあの東三条の河原院に、夜な夜な現われると云う噂のあった融の左大臣の霊でさえ、大殿様のお叱りを受けては、姿を消したのに相違ございますまい。かような御威光でございますから、その頃洛中の老若男女が、大殿様と申しますと、まるで権者の再来のように尊み合いましたも、決して無理ではございません。何時ぞや、内の梅花の宴からの御帰りに御車の牛が放れて、折から通りかかった老人に怪我をさせました時でさえ、その老人は手を合せて、大殿様の牛にかけられた事を難有がったと申す事でございます。

さような次第でございますから、大殿様御一代の間には、後々までも語り草になりますような事が、随分沢山にございました。大饗の引出物に白馬ばかりを三十頭、賜ったこともございますし、長良の橋の橋柱に御寵愛の童を立てた事もございますし、それから又華陀の術を伝えた震旦の僧に、御腿の瘡を御切らせになった事もございますし、――一々数え立てておりましては、とても際限がございません。が、その数多い御逸事の中でも、今では御家の重宝になっております地獄変の屏風の由来程、恐ろしい話はございますまい。日頃は物に御騒ぎにならない大殿様でさえ、あの時ばかり

は、流石に御驚きになったようでございました。まして御側に仕えていた私どもが、魂も消えるばかりに思ったのは、申し上げるまでもございません。中でもこの私なぞは、大殿様にも二十年来御奉公申しておりましたが、それでさえ、あのような凄じい見物に出遇った事は、ついぞ又となかった位でございます。

しかし、その御話を致しますには、予め先ず、あの地獄変の屏風を描きました、良秀と申す画師の事を申し上げて置く必要がございましょう。

## 二

良秀と申しましたら、或は唯今でも猶、あの男の事を覚えていらっしゃる方がございましょう。その頃絵筆をとりましては、良秀の右に出るものは一人もあるまいと申された位、高名な絵師でございます。あの時の事がございました時には、かれこれもう五十の阪に、手がとどいておりましたろうか。見た所は唯、脊の低い、骨と皮ばかりに瘦せた、意地の悪そうな老人でございました。それが大殿様の御邸へ参ります時には、よく丁子染の狩衣に揉烏帽子をかけておりましたが、人がらは至って卑しい方で、何故か年よりらしくもなく、唇の目立って赤いのが、その上に又気味の悪い、如

何にも獣めいた心もちを起させたものでございます。中にはあれは画筆を舐めるので紅がつくのだなどと申した人も居りましたが、どう云うものでございましょうか。尤もそれより口の悪い誰彼は、良秀の立居振舞が猿のようだとか申しまして、猿秀と云う諢名までつけた事がございました。

いや猿秀と申せば、かような御話もございます。その頃大殿様の御邸には、十五になる良秀の一人娘が、小女房に上っておりましたが、これは又生みの親には似もつかない、愛嬌のある娘でございました。その上早く女親に別れましたせいか、思いやりの深い、年よりはませた、悧巧な生れつきで、年の若いのにも似ず、何かとよく気がつくものでございますから、御台様を始め外の女房たちにも、可愛がられていたようでございます。

すると何かの折に、丹波の国から人馴れた猿を一匹、献上したものがございまして、それに丁度悪戯盛りの若殿様が、良秀と云う名を御つけになりました。唯でさえその猿の容子が可笑しい所へ、かような名がついたのでございますから、御邸中誰一人笑わないものはございません。それも笑うばかりならよろしゅうございますが、面白半分に皆のものが、やれ御庭の松に上ったの、やれ曹司*の畳をよごしたのと、その度毎に、良秀々々と呼び立てては、兎に角いじめたがるのでございます。

ところが或る日の事、前に申しました良秀の娘が、御文を結んだ寒紅梅の枝を持って、長い御廊下を通りかかりますと、遠くの遣戸の向うから、例の小猿の良秀が、大方足でも挫いたのでございましょう、何時ものように柱へ駈け上る元気もなく、跛を引き引き、一散に、逃げて参るのでございます。しかもその後からは楚をふり上げた若殿様が「柑子盗人め、待て。待て」と仰有りながら、追いかけていらっしゃるのではございませんか。良秀の娘はこれを見ますと、ちょいとの間ためらったようでございますが、丁度その時逃げて来た猿が、袴の裾にすがりながら、哀れな声を出して啼き立てました――と、急に可哀そうだと思う心が、抑え切れなくなったのでございましょう。片手に梅の枝をかざした儘、片手に紫匂\*の桂の袖を軽そうにはらりと開きますと、やさしくその猿を抱き上げて、若殿様の御前に小腰をかがめながら、涼しい声で申し上げました。「恐れながら畜生でございます。どうか御勘弁遊ばしまし」と、気負って駆けてお出でになった所でございますから、むずかしい御顔をなすって、二三度御み足を御踏鳴らしになりながら、

「何でかばう。その猿は柑子盗人だぞ」

娘はもう一度こう繰返しましたがやがて寂しそうにほほ笑みますと、

「それに良秀と申しますと、父が御折檻を受けますようで、どうも唯見てはおられませぬ」と、思い切ったように申すのでございます。これには流石の若殿様も、我を折りになったのでございましょう。
「そうか。父親の命乞なら、枉げて赦してとらすとしよう」
「不承無承にこう仰有ると、楚をそこへ御捨てになって、元いらっしった遣戸の方へ、その儘御帰りになってしまいました。

　　　　三

　良秀の娘とこの小猿との仲がよくなったのは、それからの事でございます。娘は御姫様から頂戴した黄金の鈴を、美しい真紅の紐に下げて、それを猿の頭へ懸けてやりますし、猿は又どんな事がございましても、滅多に娘の身のまわりを離れません。或時娘の風邪の心地で、床に就きました時なども、小猿はちゃんとその枕もとに坐りこんで、気のせいか心細そうな顔をしながら、頻に爪を嚙んでおりました。
　こうなると又妙なもので、誰も今までのようにこの小猿を、いじめるものはございません。いや、反ってだんだん可愛がり始めて、しまいには若殿様でさえ、時々柿や

栗を投げて御やりになったばかりか、侍の誰やらがこの猿を足蹴にした時なぞは、大層御立腹にもなったそうでございます。その後大殿様がわざわざ良秀の娘を抱いて、御前へ出るようと御沙汰になったのも、この若殿様の御腹立になった話を、御聞きになってからだとか申しました。その序に自然と娘の猿を可愛がる所由も御耳にはいったのでございましょう。

「孝行な奴じゃ。褒めてとらすぞ」

かような御意で、娘はその時、紅の袙を御褒美に頂きました。ところがこの袙を又見よう見真似に、猿が恭しく押頂きましたので、大殿様の御機嫌は、一入よろしかったそうでございます。でございますから、大殿様が良秀の娘を御贔屓になったのは、全くこの猿を可愛がった、孝行恩愛の情を御賞美なすったので、決して世間で兎や角申しますように、色を御好みになった訳ではございません。尤もかような噂の立ちました起りも、無理のない所がございますが、それは又後になって、ゆっくり御話し致しましょう。ここでは唯大殿様が、如何に美しいにした所で、絵師風情の娘などに、想いを御懸けになる方ではないと云う事を、申し上げて置けば、よろしゅうございます。

さて良秀の娘は、面目を施して御前を下りましたが、元より俐巧な女でございます

から、はしたない外の女房たちの妬みを受けるような事もございません。反ってそれ以来、猿と一しょに何かといとしがられまして、取分け御姫様の御側からは御離れ申した事がないと云ってもよろしい位、物見車の御供にもついぞ欠けた事はございませんでした。

が、娘の事は一先ず措きまして、これから又親の良秀の事を申し上げましょう。成程猿の方は、かように間もなく、皆のものに可愛がられるようになりましたが、肝腎の良秀はやはり誰にでも嫌われて、相不変陰へまわっては、猿秀呼りをされておりました。しかもそれが又、御邸の中ばかりではございません。現に横川の僧都様も、良秀と申しますと、魔障にでも御遇いになったように、顔の色を変えて、御憎み遊ばしました。（尤もこれは良秀が僧都様の御行状を戯画に描いたからだなどと申しますが、何分下ざまの噂でございますから、確に左様とは申されますまい）兎に角、あの男の不評判は、どちらの方に伺いましても、そう云う調子ばかりでございます。もし悪く云わないものがあったと致しますと、それは二三人の絵師仲間か、或は又、あの男の絵を知ってるだけで、あの男の人間は知らないものばかりでございましょう。

しかし実際、良秀には、見た所が卑しかったばかりでなく、もっと人に嫌われる悪い癖があったのでございますから、それも全く自業自得とでもなすより外に、致し

方はございません。

四

その癖と申しますのは、吝嗇で、慳貪で、恥知らずで、怠けもので、強慾で——いや、その中でも取分け甚しいのは、横柄で高慢で、何時も本朝第一の絵師と申す事を、鼻の先へぶら下げている事でございましょう。それも画道の上ばかりならまだしもでございますが、あの男の負け惜しみになりますと、世間の習慣とか慣例とか申すようなものまで、すべて莫迦に致さずには置かないのでございます。これは永年良秀の弟子になっていた男の話でございますが、或日さる方の御邸で名高い檜垣の巫女に御霊が憑いて、恐しい御託宣があった時も、あの男は空耳を走らせながら、有合せた筆と墨とで、その巫子の物凄い顔を、丁寧に写しておったとか申しました。大方御霊の御祟りも、あの男の眼から見ましたなら、子供欺し位にしか思われないのでございましょう。

さような男でございますから、吉祥天を描く時は、卑しい傀儡の顔を写しましたり、いろいろの勿体ない真似を致不動明王を描く時は、無頼の放免の姿を像りましたり、

しましたが、それでも当人を詰りますと、「良秀の描いた神仏が、その良秀に冥罰を当てられるとは、異な事を聞くものじゃ」と空嘯いているではございませんか。これには流石の弟子たちも呆れ返って、中には未来の恐ろしさに、匆々暇をとったものも、少くなかったように見うけました。——先ず一口に申しましたなら、慢業重畳とでも名づけましょうか。兎に角当時天が下で、自分程の偉い人間はないと思っていた男でございます。

　従って良秀がどの位画道でも、高く止っておりましたかは、申し上げるまでもございますまい。尤もその絵でさえ、あの男のは筆使いでも彩色でも、まるで外の絵師とは違っておりましたから、仲の悪い絵師仲間では、山師だなどと申す評判も、大分あったようでございます。その連中の申しますには、やれ川成とか金岡とか、その外昔の名匠の筆になった物と申しますと、やれ板戸の梅の花が、月の夜毎に匂ったの、やれ屏風の大宮人が、笛を吹く音さえ聞えたのと、優美な噂が立っているものでございますが、良秀の絵になりますと、何時でも必ず気味の悪い、妙な評判だけしか伝わりません。譬えばあの男が竜蓋寺の門へ描きました、五趣生死の絵に致しましても、夜更けて門の下を通りますと、天人の嘆息をつく音や啜り泣きをする声が、聞えたと申す事でございます。いや、中には死人の腐って行く音や臭気を、嗅いだと申すものさえござい

ました。それから大殿様の御云いつけで描いた、女房たちの似絵なども、その絵に写されただけの人間は、三年と尽たない中に、皆魂の抜けたような病気になって、死んだと申すではございませんか。悪く云うものに申させますと、それが良秀の絵の邪道に落ちている、何よりの証拠だそうでございます。

　が、何分前にも申し上げました通り、横紙破りな男でございますから、それが反って良秀は大自慢で、何時ぞや大殿様が御冗談に、「その方は兎角醜いものが好きと見える」と仰有った時も、あの年に似ず赤い唇でにやりと気味悪く笑いながら、「さようでございまする。かいなでの絵師には総じて醜いものの美しさなどと申す事は、わかろう筈がございませぬ」と、横柄に御答え申し上げました。如何に本朝第一の絵師に致せ、よくも大殿様の御前へ出て、そのような高言が吐けたものでございます。先刻引合に出しました弟子が、内々師匠に「智羅永寿」と云う諢名をつけて、増長慢を譏っておりましたが、それも無理はございません。御承知でもございましょうが、「智羅永寿」と申しますのは、昔震旦から渡って参りました天狗の名でございます。

　しかしこの良秀にさえ——この何とも云いようのない、横道者の良秀にさえ、たった一つ人間らしい、情愛のある所がございました。

## 五

 と申しますのは、良秀が、あの一人娘の小女房をまるで気違いのように可愛がっていた事でございます。先刻申し上げました通り、娘も至つても気のやさしい、親思いの女でございましたが、あの男の子煩悩は、決してそれにも劣りますまい。何しろ娘の着る物とか、髪飾とかの事と申しますと、どこの御寺の勧進にも喜捨をした事のないあの男が、金銭には更に惜し気もなく、整えてやると云うのでございますから、嘘のような気が致すではございませぬか。
 が、良秀の娘を可愛がるのは、唯可愛がるだけで、やがてよい聟をとろうなどと申す事は、夢にも考えておりません。それどころか、あの娘へ悪く云い寄るものでもございましたら、反って辻冠者ばらでも駆り集めて、暗打位は喰わせ兼ねない量見でございます。でございますから、あの娘が大殿様の御声がかりで、小女房に上りました時も、老爺の方は大不服で、当座の間は御前へ出ても、苦り切ってばかりおりました。大殿様が娘の美しいのに御心を惹かされて、親の不承知なのもかまわずに、召し上げたなどと申す噂は、大方かような容子を見たものの当推量から出たのでございましょ

う。

尤もその噂は嘘でございましても、子煩悩の一心から、良秀が始終娘の下るように祈っておりましたのは確でございます。或時大殿様の御云いつけで、稚児文殊を描きました時も、御寵愛の童の顔を写しまして、見事な出来でございましたから、大殿様も至極御満足で、

「褒美には望みの物を取らせるぞ。遠慮なく望め」と云う難有い御言が下りました。

すると良秀は畏まって、何を申すかと思いますと、

「何卒私の娘をば御下げ下さいまするように」と臆面もなく申し上げました。外のお邸ならば兎も角も、堀川の大殿様の御側に仕えているのを、如何に可愛いからと申しまして、かように無躾に御暇を願いますものが、どこの国に居りましょう。これには大腹中の大殿様も聊か御機嫌を損じたと見えまして、暫くは唯黙って良秀の顔を眺めて御いでになりましたが、やがて、

「それはならぬ」と吐出すように仰有ると、急にその儘御立になってしまいました。

かような事が、前後四五遍もございましたろうか。今になって考えて見ますと、大殿様の良秀を御覧になる眼は、その都度にだんだんと冷やかになっていらっしったようででございます。すると又、それにつけても、娘の方は父親の身が案じられるせいでも

ございますか、曹司へ下っている時などは、よく桂の袖を嚙んで、しくしく泣いておりました。そこで大殿様が良秀の娘に懸想なすったなどと申す噂が、愈々拡がるようになったのでございましょう。中には地獄変の屛風の由来も、実は娘が大殿様の御意に従わなかったからだなどと申すものも居りますが、元よりさような事はございません。

　私どもの眼から見ますと、大殿様が良秀の娘を御下げにならなかったのは、全く娘の身の上を哀れに思召したからで、あのように頑な親の側へやるよりは御邸に置いて、何の不自由なく暮させてやろうと云う難有い御考えだったようでございます。それは元より気立ての優しいあの娘を、御贔屓になったのには間違いございません。が、色を御好みになったと申しますのは、恐らく牽強附会の説でございましょう。いや、跡方もない噓と申した方が、宜しい位でございます。

　それは兎も角もと致しまして、かように娘の事から良秀の御覚えが大分悪くなって来た時でございます。どう思召したか、大殿様は突然良秀を御召になって、地獄変の屛風を描くようにと、御云いつけなさいました。

## 六

　地獄変の屏風と申しますと、私はもうあの恐ろしい画面の景色が、ありありと眼の前へ浮んで来るような気が致します。

　同じ地獄変と申しますとも、良秀の描きましたのは、外の絵師のに比べますと、第一図取りから似ておりません。それは一帖の屏風の片隅へ、小さく十王を始め眷属たちの姿を描いて、あとは一面に紅蓮大紅蓮の猛火が剣山刀樹も爛れるかと思う程渦を巻いておりました。でございますから、唐めいた冥官たちの衣裳が、点々と黄や藍を綴っております外は、どこを見ても烈々とした火焔の色で、その中をまるで卍のように、墨を飛ばした黒煙と金粉を煽った火の粉とが、舞い狂っているのでございます。

　これはかりでも、随分人の目を驚かす筆勢でございますが、その上に又、業火に焼かれて、転々と苦しんでおります罪人も、殆ど一人として通例の地獄絵にあるものはございません。何故かと申しますと良秀は、この多くの罪人の中に、上は月卿雲客から下は乞食非人まで、あらゆる身分の人間を写して来たからでございます。束帯のいかめしい殿上人、五つ衣のなまめかしい青女房、珠数をかけた念仏僧、高足駄を穿い

た侍、学生、細長を着た女の童、幣をかざした陰陽師――一々数え立てておりましたら、とても際限はございますまい。兎に角そう云ういろいろの人間が、火と煙とが逆捲く中を、牛頭馬頭の獄卒に虐まれて、大風に吹き散らされる落葉のように、紛々と四方八方へ逃げ迷っているのでございます。鋼叉に髪をからまれて、蜘蛛よりも手足を縮めている女は、神巫の類でもございましょうか。手矛に胸を刺し通されて、蝙蝠のように逆になった男は、生受領か何かに相違ございますまい。その外或は鉄の笞に打たれるもの、或は千曳の磐石に押されるもの、或は怪鳥の嘴にかけられるもの、或は又毒竜の顎に嚙まれるもの――呵責も亦罪人の数に応じて、幾通りあるかわかりません。

が、その中でも殊に一つ目立って凄じく見えるのは、まるで獣の牙のような刀樹の頂きを半ばかすめて（その刀樹の梢にも、多くの亡者が累々と、五体を貫かれており ました）中空から落ちて来る一輛の牛車でございましょう。地獄の風に吹き上げられた、その車の簾の中には、女御、更衣にもまがうばかり、綺羅びやかに装った女房が、丈の黒髪を炎の中になびかせて、白い頸を反らせながら、悶え苦しんでおりますが、その女房の姿と申し、何一つとして炎熱地獄の責苦を偲ばせないものはございません。云わば広い画面の恐ろしさが、この一人の人

物に蹙っているとでも申しましょうか。これを見るものの耳の底には、自然と物凄い叫喚の声が伝わって来るかと疑う程、入神の出来映えでございました。

ああ、これでございます、これを描く為めに、あの恐ろしい出来事が起ったのでございます。又さもなければ如何に良秀でも、どうしてかように生々と奈落の苦艱が画かれましょう。あの男はこの屏風の絵を仕上げた代りに、命さえも捨てるような、無惨な目に出遇いました。云わばこの絵の地獄は、本朝第一の絵師良秀が、自分で何時か堕ちて行く地獄だったのでございます。……

私はあの珍しい地獄変の屏風の事を申上げますのを急いだあまりに、或は御話の順序を顛倒致したかも知れません。が、これからは又引き続いて、大殿様から地獄絵を描けと申す仰せを受けた良秀の事に移りましょう。

　　　七

良秀はそれから五六箇月の間、まるで御邸へも伺わないで、屏風の絵にばかりかかっておりました。あれ程の子煩悩がいざ絵を描くと云う段になりますと、娘の顔を見る気もなくなると申すのでございますから、不思議なものではございませんか。先刻

申し上げました弟子の話では、何でもあの男は仕事にとりかかりますと、まるで狐でも憑いたようになるらしゅうございます。いや実際当時の風評に、良秀が画道で名を成したのは、福徳の大神に祈誓をかけたからで、その証拠にはあの男が絵を描いている所を、そっと物陰から覗いて見ると、必ず陰々として霊狐の姿が、一匹ならず前後左右に、群っているのが見えるなどと申す者もございました。その位でございますから、いざ画筆を取るとなると、その絵を描き上げると云うより外は、何も彼も忘れてしまうのでございましょう。――殊に地獄変の屏風を描いた時には、こう云う夢中になり方が、甚しかったようでございます。

　昼も夜も一間に閉じこもったきりで、滅多に日の目も見た事はございません。――殊に地獄変の屏風を描いた時には、こう云う夢中になり方が、甚しかったようでございます。

　昼も夜も部を下した部屋の中で、結燈台の火の下に、秘密の絵の具を合せたり、或は弟子たちを、水干やら狩衣やら、さまざまに着飾らせて、その姿を、一人ずつ丁寧に写したり、――そう云う事ではございません。それ位の変った事なら、別にあの地獄変の屏風を描かなくとも、仕事にかかっている時とさえ申しますと、何時でもやり兼ねない男なのでございます。いや、現に竜蓋寺の五趣生死の図を描きました時などは、当り前の人間なら、わざと眼を外らせて行くあの往来の屍骸の前へ、悠々と腰を下して、半ば腐れかかった顔や手足を、髪の毛一すじも違え

ずに、写して参った事がございました。では、その甚しい夢中になり方とは、一体どう云う事を申すのか、流石に御わかりにならない方もいらっしゃいましょう。それは唯今詳しい事は申し上げている暇もございませんが、主な話を御耳に入れましょう。大体先、かような次第なのでございます。

 良秀の弟子の一人が（これもやはり、前に申した男でございますが）或日絵の具を溶いておりますと、急に師匠が参りまして、
「己は少し午睡をしようと思う。がどうもこの頃は夢見が悪い」とこう申すのでございます。別にこれは珍しい事でも何でもございませんから、弟子は手を休めずに、唯、
「さようでございますか」と一通りの挨拶を致しました。ところが、良秀は、何時になく寂しそうな顔をして、
「就いては、己が午睡をしている間中、枕もとに坐っていて貰いたいのだが」と、遠慮がましく頼むではございませんか。弟子は何時になく、師匠が夢なぞを気にするのは、不思議だと思いましたが、それも別に造作のない事でございますから、
「よろしゅうございます」と申しますと、師匠はまだ心配そうに、
「では直に奥へ来てくれ。尤も後で外の弟子が来ても、己の睡っている所へは入れないように」と、ためらいながら云いつけました。奥と申しますのは、あの男が画を描

きます部屋で、その日も夜のように戸を立て切った中に、ぽんやりと灯をともしながら、まだ焼筆で図取りだけしか出来ていない屏風が、ぐるりと立て廻してあったそうでございます。さてここへ参りますと、良秀は肘を枕にして、まるで疲れ切った人間のように、すやすや、睡入ってしまいましたが、ものの半時とたちません中に、枕もとに居ります弟子の耳には、何とも彼とも申しようのない、気味の悪い声がはいり始めました。

　　　　　八

　それが始めは唯、声でございましたが、暫くしますと、次第に切れ切れな語になって、云わば溺れかかった人間が水の中で呻るように、かような事を申すのでございます。
「なに、己に来いと云うのだな。――どこへ――どこへ来いと？　奈落へ来い。炎熱地獄へ来い。――誰だ。そう云う貴様は。――貴様は誰だ――誰だと思ったら」
　弟子は思わず絵の具を溶く手をやめて、恐る恐る師匠の顔を、覗くようにして透して見ますと、皺だらけな顔が白くなった上に大粒な汗を滲ませながら、唇の干いた、

歯の疎な口を喘ぐように大きく開けております。そうしてその口の中で、何か糸でもつけて引張っているかと疑う程、目まぐるしく動くものがあると思うと、それがあの男の舌だったと申すではございません。切れ切れな語は元より、その舌から出て来るのでございます。

「誰だと思ったら——うん、貴様だな。己も貴様だろうと思っていた。なに、迎えに来たと？　だから来い。奈落へ来い。奈落には——奈落には己の娘が待っている」

その時、弟子の眼には、朦朧とした異形の影が、屏風の面をかすめてむらむらと下りて来るように見えた程、気味の悪い心もちが致したそうでございます。勿論弟子はすぐに良秀に手をかけて、力のあらん限り揺り起しましたが、師匠は猶夢現に独り語を云いつづけて、容易に眼のさめる気色はございません。そこで弟子は思い切って、側にあった筆洗の水を、ざぶりとあの男の顔へ浴びせかけました。

「待っているから、この車へ乗って来い——この車へ乗って、奈落へ来い——」と云う語がそれと同時に、喉をしめられるような呻き声に変ったと思いますと、やっと良秀は眼を開いて、針で刺されたよりも慌しく、矢庭にそこへ刎ね起きましたが、まだ夢の中の異類異形が、瞼の後を去らないのでございましょう。暫くは唯恐ろしそうな眼つきをして、やはり大きく口を開きながら、空を見つめておりましたが、やがて我

に返った容子で、
「もう好いから、あちらへ行ってくれ」と、今度は如何にも素っ気なく、云いつけるのでございます。弟子はこう云う時に逆らうと、何時でも大小言を云われるので、匆々師匠の部屋から出て参りましたが、まだ明かるい外の日の光を見た時には、まるで自分が悪夢から覚めた様な、ほっとした気が致したとか申しておりました。
　しかしこれなぞはまだよい方なので、その後一月ばかりたってから、今度は又別の弟子が、わざわざ奥へ呼ばれますと、良秀はやはりうす暗い油火の光りの中で、絵筆を嚙んでおりましたが、いきなり弟子の方へ向き直って、
「御苦労だが、又裸になって貰おうか」と申すのでございます。これはその時までにも、どうかすると師匠が云いつけた事でございますから、弟子は早速衣類をぬぎすてて、赤裸になりますと、あの男は妙に顔をしかめながら、
「わしは鎖で縛られた人間が見たいと思うのだが、気の毒でも暫くの間、わしのする通りになっていてはくれまいか」と、その癖少しも気の毒らしい容子などは見せずに、冷然とこう申しました。元来この弟子は画筆などを握るよりも、太刀でも持った方が好さそうな、逞しい若者でございましたが、これには流石に驚いたと見えて、後々までもその時の話を致しますと、「これは師匠が気が違って、私を殺すのではないか

と思いました」と繰返して申したそうでございます。が、良秀の方では、相手の愚図々々しているのが、燥ったくなって参ったのでございましょう。どこから出しましたか、細い鉄の鎖をざらざらと手繰りながら、殆ど飛びつくような勢いで、弟子の脊中へ乗りかかりますと、否応なしにその儘両腕を捩じあげて、ぐるぐる巻きに致してしまいました。そうして又その鎖の端を邪慳にぐいと引きましたからたまりません。弟子の体ははずみを食って、勢よく床を鳴らしながら、ごろりとそこへ横倒しに倒れてしまったのでございます。

　　　　九

　その時の弟子の恰好は、まるで酒甕を転がしたようだとでも申しましょうか。何しろ手も足も惨たらしく折り曲げられておりますから、動くのは唯首ばかりでございます。そこへ肥った体中の血が、鎖に循環を止められたので、顔と云わず胴と云わず、一面に皮膚の色が赤み走って参るではございませんか。が、良秀にはそれも格別気にならないと見えまして、その酒甕のような体のまわりを、あちこちと廻って眺めながら、同じような写真の図を何枚となく描いております。その間、縛られている弟子の

身が、どの位苦しかったかと云う事は、何もわざわざ取り立てて申し上げるまでもございますまい。

が、もし何事も起らなかったと致しましたら、この苦しみは恐らくまだその上にも、つづけられた事でございましょう。幸（と申しますより、或は不幸にと申した方がよろしいかも知れません）暫く致しますと、部屋の隅にある壺の陰から、まるで黒い油のようなものが、一すじ細くうねりながら、流れ出して参りました。それが始め余程粘り気のあるもののように、ゆっくり動いておりましたが、だんだん滑らかに辷り始めて、やがてちらちら光りながら、鼻の先まで流れ着いたのを眺めますと、弟子は思わず、息を引いて、

「蛇が――蛇が」と喚きました。その時は全く体中の血が一時に凍るかと思ったと申しますが、それも無理はございません。蛇は実際もう少しで、鎖の食いこんでいる、頸の肉へその冷い舌の先を触れようとしていたのでございます。この思いもよらない出来事には、いくら横道な良秀でも、ぎょっと致したのでございましょう。慌てて画筆を投げ棄てながら、咄嗟に身をかがめたと思うと、素早く蛇の尾をつかまえて、ぶらりと逆に吊り下げました。蛇は吊り下げられながらも、頭を上げて、きりきりと自分の体へ巻つきましたが、どうしてもあの男の手の所まではとどきません。

「おのれ故に、あったら一筆を仕損じたぞ」
良秀は忌々しそうにこう呟くと、蛇はその儘部屋の隅の壺の中へ抛りこんで、それからさも不承無承に、弟子の体へかかっている鎖を解いてくれてはやりません。それも唯解いてくれたと云うだけで、肝腎の弟子の方へは、優しい言葉一つかけてはやりません。大方弟子が蛇に嚙まれるよりも、写真の一筆を誤ったのが、業腹だったのでございましょう。——後で聞きますと、この蛇もやはり姿を写す為に、わざわざあの男が飼っていたのだそうでございます。

これだけの事を御聞きになったのでも、良秀の気違いじみた、薄気味の悪い夢中になり方が、略御わかりになった事でございましょう。ところが最後に一つ、今度はまだ十三四の弟子が、やはり地獄変の屛風の御かげで、云わば命にも関わり兼ねない、恐ろしい目に出遇いました。その弟子は生れつき色の白い女のような男でございましたが、或夜の事、何気なく師匠の部屋へ呼ばれて参りますと、良秀は燈台の火の下で掌に何やら腥い肉をのせながら、見慣れない一羽の鳥を養っているのでございます。そう云えば、耳のように両方へつき出た羽毛と云い、琥珀のような色をした、大きな円い眼と云い、見た所も何となく猫に似ておりました。

十

　元来良秀と云う男は、何でも自分のしている事に嘴を入れられるのが大嫌いで、先刻申し上げた蛇などもそうでございますが、自分の部屋の中に何があるか、一切そう云う事は弟子たちにも知らせた事がございません。でございますから、或時は机の上に髑髏がのっていたり、或時は又、銀の椀や蒔絵の高坏が並んでいたり、その時描いている画次第で、随分思いもよらない物が出ておりました。が、ふだんはかような品を、一体どこにしまって置くのか、それは又誰にもわからなかったそうでございます。あの男が福徳の大神の冥助を受けているなどと申す噂も、一つは確にそう云う事が起りになっていたのでございましょう。

　そこで弟子は、机の上のその異様な鳥も、やはり地獄変の屏風を描くのに入用なのに違いないと、こう独り考えながら、師匠の前へ畏まって、「何か御用でございますか」と、恭しく申しますと、良秀はまるでそれが聞えないように、あの赤い唇へ舌なめずりをして、

「どうだ。よく馴れているではないか」と、鳥の方へ頤をやります。

「これは何と云うものでございましょう。私はついぞまだ、見た事がございませんが」

弟子はこう申しながら、この耳のある、猫のような鳥を、気味悪そうにじろじろ眺めますと、良秀は相不変何時もの嘲笑うような調子で、

「なに、見た事がない？　都育ちの人間はそれだから困る。これは二三日前に鞍馬の猟師がわしにくれた耳木兎と云う鳥だ。唯、こんなに馴れているのは、沢山あるまい」

こう云いながらあの男は、徐に手をあげて、丁度餌を食べてしまった耳木兎の脊中の毛を、そっと下から撫で上げました。するとその途端でございます。鳥は急に鋭い声で、短く一声啼いたと思うと、忽ち机の上から飛び上って、両脚の爪を張りながら、いきなり弟子の顔へとびかかりました。もしその時、弟子が袖をかざして、慌てて顔を隠さなかったら、きっともう疵の一つや二つは負わされておりましたろう。あっと云いながら、その袖を振って、逐い払おうとする所を、耳木兎は蓋にかかって、嘴を鳴らしながら、又一突き——弟子は師匠の前も忘れて、立っては防ぎ、坐ってはつけ、思わず狭い部屋の中を、あちらこちらと逃げ惑いました。怪鳥も元よりそれにつれて、高く低く翔りながら、隙さえあれば眼睛を目がけて飛んで来ます。その度にばさ

ばさと、凄じく翼を鳴すのが、落葉の匂だか、滝の水沫とも或は又猿酒*の饐えたいきれだか何やら怪しげなもののけはいを誘って、気味の悪さと云ったらございません。そう云えばその弟子も、うす暗い油火の光さえ朧げな月明りかと思われて、師匠の部屋がその儘遠い山奥の、妖気に閉された谷のような、心細い気がしたとか申したそうでございます。

　しかし弟子が恐しかったのは、何も耳木兎に襲われると云う、その事ばかりではございません。いや、それよりも一層身の毛がよだったのは、師匠の良秀がその騒ぎを冷然と眺めながら、徐に紙を展べ筆を舐って、女のような少年が異形の鳥に虐まれる、物凄い有様を写していた事でございます。弟子は一目それを見ますと、忽ち云いようのない恐ろしさに脅かされて、実際一時は師匠の為に、殺されるのではないかとさえ、思ったと申しておりました。

　　十一

　実際師匠に殺されると云う事も、全くないとは申されません。現にその晩わざわざ弟子を呼びよせたのでさえ、実は耳木兎を唆かけて、弟子の逃げまわる有様を写そう

と云う魂胆らしかったのでございます。でございますから、弟子は、師匠の容子を一目見るが早いか、思わず両袖に頭を隠しながら、自分にも何と云ったかわからないような悲鳴をあげて、その儘部屋の隅の遣戸の裾へ、居すくまってしまいました。とその拍子に、良秀も何やら慌てたような声をあげて、立上った気色でございましたが、忽ち耳木兎の羽音が一層前よりもはげしくなって、物の倒れる音や破れる音が、けたたましく聞えるではございませんか。これには弟子も二度、三度を失って、思わず隠していた頭を上げて見ますと、部屋の中は何時かまっ暗になっていて、師匠の弟子たちを呼び立てる声が、その中で苛立しそうにしております。
　やがて弟子の一人が、遠くの方で返事をして、それから灯をかざしながら、急いでやって参りましたが、その煤臭い明りで眺めますと、結燈台が倒れたので、床も畳も一面に油だらけになった所へ、さっきの耳木兎が片方の翼ばかり、苦しそうにはためかしながら、転げまわっているのでございます。良秀は机の向うで半は体を起した儘、流石に呆気にとられたような顔をして、何やら人にはわからない事を、ぶつぶつ呟いております。――それも無理ではございません。あの耳木兎の体には、まっ黒な蛇が一匹、頸から片方の翼へかけて、きりきりと捲きついているのでございます。大方これは弟子が居すくまる拍子に、そこにあった壺をひっくり返して、その中の蛇が這

い出したのを、耳木兎がなまじいに摑みかかろうとしたばかりに、とうとうこう云う大騒ぎが始まったのでございましょう。二人の弟子は互に眼と眼とを見合せて、暫くは唯、この不思議な光景をぼんやり眺めておりましたが、やがて師匠に黙礼をして、こそこそ部屋の外へ引き下ってしまいました。蛇と耳木兎とがその後どうなったか、それは誰も知っているものはございません。——

こう云う類の事は、その外まだ、幾つとなくございました。前には申し落しましたが、地獄変の屛風を描けと云う御沙汰があったのは、秋の初でございますから、それ以来冬の末まで、良秀の弟子たちは、絶えず師匠の怪しげな振舞に、脅かされていた訳でございます。が、その冬の末に良秀は何か屛風の画で、自由にならない事が出来たのでございましょう、それまでよりは、一層容子も陰気になり、物云いも目に見えて、荒々しくなって参りました。と同時に又屛風の画も、下画が八分通り出来上った儘、更に捗どる模様はございません。いや、どうかすると今までに描いた所さえ、塗り消してもしまい兼ねない気色なのでございます。

その癖、屛風の何が自由にならないのだか、それは誰にもわかりません。又、誰もわかろうとしたものもございますまい。前のいろいろな出来事に懲りている弟子たちは、まるで虎狼と一つ檻にでもいるような心もちで、その後師匠の身のまわりへは、

成る可く近づかない算段をしておりましたから。

## 十二

従ってその間の事に就いては、別に取り立てて申し上げる程の御話もございません。もし強いて申し上げると致しましたら、それはあの強情な老爺が、何故か妙に涙脆くなって、人のいない所では時々独りで泣いていたと云う御話位なものでございましょう。殊に或日、何かの用で弟子の一人が、庭先へ参りました時なぞは、廊下に立ってぼんやり春の近い空を眺めている師匠の眼が、涙で一ぱいになっていたそうでございます。弟子はそれを見ますと、反ってこちらが恥しいような気がしたので、黙ってこそこそ引き返したと申す事でございますが、五趣生死の図を描く為には、道ばたの屍骸さえ写したと云う、傲慢なあの男が、屏風の画が思うように描けない位の事で、子供らしく泣き出すなどと申すのは、随分異なものでございませんか。

ところが一方良秀がこのように、まるで正気の人間とは思われない程夢中になって、屏風の絵を描いております中に、又一方ではあの娘が、何故かだんだん気鬱になって、私どもにさえ涙を堪えている容子が、眼に立って参りました。それが元来愁顔の、色

の白い、つつましやかな女だけに、こうなると何だか睫毛が重くなって、眼のまわりに隈がかかったような、余計寂しい気が致すのでございます。初はやれ父思いのせいだの、やれ恋煩いをしているからだの、いろいろ臆測を致したものがございますが、中頃から、なにあれは大殿様が御意に従わせようとしていらっしゃるのだと云う評判が立ち始めて、それからは誰も忘れた様に、ぱったりあの娘の噂をしなくなって了いました。

丁度その頃の事でございましょう。或夜、更が闌けてから、私が独り御廊下を通りかかりますと、あの猿の良秀がいきなりどこからか飛んで参りまして、私の袴の裾を頻りにひっぱるのでございます。確か、もう梅の匂でも致しそうな、うすい月の光のさしている、暖い夜でございましたが、その明りですかして見ますと、猿はまっ白な歯をむき出しながら、鼻の先へ皺をよせて、気が違わないばかりにけたたましく啼き立てているではございませんか。私は気味の悪いのが三分と、新しい袴をひっぱられる腹立たしさが七分とで、最初は猿を蹴放して、その儘通りすぎようかとも思いましたが、又思い返して見ますと、前にこの猿を折檻して、若殿様の御不興を受けた侍の例もございます。それに猿の振舞が、どうも唯事とは思われません。そこでとうとう私も思い切って、そのひっぱる方へ五六間歩くともなく歩いて参りました。

するとご廊下が一曲り曲って、夜目にもうす白い御池の水が枝ぶりのやさしい松の向うにひろびろと見渡せる、丁度そこ迄参った時の事でございます。どこか近くの部屋の中で人の争っているらしいけはいが、慌しく、又妙にひっそかと私の耳を脅しました。あたりはどこも森と静まり返って、月明りとも靄ともつかないものの中で、魚の跳ねる音がする外は、話し声一つ聞えません。そこへこの物音でございますから。私は思わず立止って、もし狼藉者でもあったなら、目にもの見せてくれようと、そっとその遣戸の外へ、息をひそめながら身をよせました。

十三

ところが猿は私のやり方がまだるかったのでございましょう。良秀はさもさもどかしそうに、二三度私の足のまわりを駈けまわったと思いますと、いきなり私の肩のあたりへ一足飛に飛び上りました。私は思わず頸を反らせて、その爪にかけられまいとする、猿は又水干の袖にかじりついて、私の体を辷り落ちまいとする、――その拍子に、私はわれ知らず二足三足よろめいて、その遣り戸へ後ざまに、したたか私の体を打ちつけました。こうなっては、

もう一刻も躊躇している場合ではございません。私は矢庭に遣り戸を開け放して、月明りのとどかない奥の方へ跳りこもうと致しました。が、その時私の眼を遮ったものは——いや、それよりももっと私は、同時にその部屋の中から、弾かれたように駈け出そうとした女の方に驚かされました。女は出合頭に危く私に衝き当ろうとして、その儘外へ転び出しましたが、何故かそこへ膝をついて、息を切らしながら私の顔を、何か恐ろしいものでも見るように、戦き戦き見上げているのでございます。

それが良秀の娘だったことは、何もわざわざ申し上げるまでもございますまい。眼は大きくかがやいております。頬も赤く燃えておりましたろう。そこへしどけなく乱れた袴や袿が、何時もの幼さとは打って変った艶しささえも添えております。これが実際あの弱々しい、何事にも控え目勝な良秀の娘でございましょうか。——私は遣り戸に身を支えて、この月明りの中にいる美しい娘の姿を眺めながら、慌しく遠のいて行くもう一人の足音を、指させるもののように指さして、誰ですと静に眼で尋ねました。

すると娘は唇を嚙みながら、黙って首をふりました。その容子が如何にもまた、口惜しそうなのでございます。

そこで私は身をかがめながら、娘の耳へ口をつけるようにして、今度は「誰です」

と小声で尋ねました。が、娘はやはり首を振ったばかりで、何とも返事を致しません。いや、それと同時に長い睫毛の先へ、涙を一ぱいにためながら、前よりも緊く唇を嚙みしめているのでございます。

性得愚かな私には、分りすぎている程分っている事の外は、生憎何一つ呑みこめません。でございますから、私は言のかけようも知らないで、暫くは唯、娘の胸の動悸に耳を澄ませるような心もちで、じっとそこに立ちすくんでおりました。尤もこれは一つには、何故かこの上問い訊すのが悪いような、気咎めが致したからでもございます。――

それがどの位続いたか、わかりません。が、やがて明け放した遣り戸を閉しながら、少しは上気の褪めたらしい娘の方を見返って、「もう曹司へ御帰りなさい」と出来るだけやさしく申しました。そうして私も自分ながら、何か見てはならないものを見たような、不安な心もちに脅かされて、誰にともなく恥しい思いをしながら、そっと元来た方へ歩き出しました。ところが十歩と歩かない中に、誰か又私の袴の裾を、後から恐る恐る、引き止めるではございませんか。私は驚いて、振り向きました。あなた方はそれが何だったと思召します？

見るとそれは私の足もとにあの猿の良秀が、人間のように両手をついて、黄金の鈴

## 十四

　するとその晩の出来事があってから、半月ばかり後の事でございます。或日良秀は突然御邸へ参りまして、大殿様へ直の御眼通りを願いました。卑しい身分のものでございますが、日頃から格別御意に入っていたからでございましょう。誰にでも容易に御会いになった事のない大殿様が、その日も快く御承知になって、早速御前近くへ御召しになりました。あの男は例の通り、香染の狩衣に萎えた烏帽子を頂いて、何時もよりは一層気むずかしそうな顔をしながら、恭しく御前へ平伏致しましたが、やがて嗄れた声で申しますには、
「兼ね兼ね御云いつけになりました地獄変の屏風でございますが、私も日夜に丹誠を抽んでて、筆を執りました甲斐が見えまして、もはやあらましは出来上ったのも同然でございまする」
「それは目出度い。予も満足じゃ」
　しかしこう仰有る大殿様の御声には、何故か妙に力の無い、張合のぬけた所がござ

いました。
「いえ、それが一向目出度くはござりませぬ」良秀は、稍腹立しそうな容子で、じっと眼を伏せながら、「あらましは出来上りましたが、唯一つ、今以て私には描けぬ所がございまする」
「なに、描けぬ所がある?」
「さようでございまする。私は総じて、見たものでなければ描けませぬ。もし描けても、得心が参りませぬ。それでは描けぬも同じ事でございませぬか」
これを御聞きになると、大殿様の御顔には、嘲るような御微笑が浮びました。
「では地獄変の屏風を描こうとすれば、地獄を見なければなるまいな」
「さようでございまする。が、私は先年大火事がございました時に、炎熱地獄の猛火にもまがう火の手を、眼のあたりに眺めました。『よじり不動』の火焔を描きましたのも、実はあの火事に遇ったからでございまする。御前もあの絵は御承知でございましょう」
「しかし罪人はどうじゃ。獄卒は見た事があるまいな」大殿様はまるで良秀の申す事が御耳にはいらなかったような御容子で、こう畳みかけて御尋ねになりました。
「私は鉄の鎖に縛られたものを見た事がございまする。怪鳥に悩まされるものの姿も、

具に写しとりました。されば罪人の呵責に苦しむ様も知らぬと申されませぬ。又獄卒は——」と云って、良秀は気味の悪い苦笑を洩しながら、「又獄卒は、夢現に何度となく、私の眼に映りました、或は牛頭、或は馬頭、或は三面六臂の鬼の形が、音のせぬ手を拍き、声の出ぬ口を開いて、私を虐みに参りますのは、殆ど毎日毎夜のことと申してもよろしゅうございましょう。——私の描こうとして描けぬのは、そのようなものではございませぬ」

それには大殿様も、流石に御驚きになったのでございましょう。暫くは唯苛立たしそうに、良秀の顔を睨めて御出になりましたが、やがて眉を険しく御動かしになりながら、

「では何が描けぬと申すのじゃ」と打捨るように仰有いました。

## 十五

「私は屏風の唯中に、檳榔毛の車が一輛空から落ちて来る所を描こうと思っておりまする」良秀はこう云って、始めて鋭く大殿様の御顔を眺めました。あの男は画の事を云うと、気違い同様になるとは聞いておりましたが、その時の眼のくばりには確に

さような恐ろしさがあったようでございます。
「その車の中には、一人のあでやかな上﨟が、猛火の中に黒髪を乱しながら、悶え苦しんでおりまする。顔は煙に咽びながら、眉を顰めて、空ざまに車蓋を仰いでおりましょう。手は下簾を引きちぎって、降りかかる火の粉の雨を防ごうとしているかも知れませぬ。そうしてそのまわりには、怪しげな鶯鳥が十羽となく、二十羽となく、嘴を鳴らして紛々と飛び繞っているのでございまする。――ああ、それが、その牛車の中の上﨟が、どうしても私には描けませぬ」
「そうして――どうじゃ」

大殿様はどう云う訳か、妙に悦ばしそうな御気色で、こう良秀を御促しになりました。が、良秀は例の赤い唇を熱でも出た時のように震わせながら、夢を見ているのかと思う調子で、
「それが私には描けませぬ」と、もう一度繰返しましたが、突然嚙みつくような勢いになって、
「どうか檳榔毛の車を一輛、私の見ている前で、火をかけて頂きとうございまする。そうしてもし出来まするならば――」

大殿様は御顔を暗くなすったと思うと、突然けたたましく御笑いになりました。そ

うしてその御笑い声に息をつまらせながら、仰有いますには、
「おお、万事その方が申す通りに致して遣わそう。出来る出来ぬの詮議は無益の沙汰じゃ」

私はその御言を伺いますと、虫の知らせか、何となく凄じい気が致しました。実際又大殿様の御容子も、御口の端には白く泡がたまっておりますし、御眉のあたりにはびくびくと電が走っておりますし、まるで良秀のもの狂いに御染みなすったのかと思う程、唯ならなかったのでございます。それがちょいと言を御切りになると、すぐ又何かが爆ぜたような勢いで、止め度なく喉を鳴らして御笑いになりながら、
「檳榔毛の車にも火をかけよう。又その中にはあでやかな女を一人、上﨟の装をさせて乗せて遣わそう。炎と黒煙とに攻められて、車の中の女が、悶え死をする——それを描こうと思いついたのは、流石に天下第一の絵師じゃ。褒めてとらすぞ」

大殿様の御言葉を聞きますと、良秀は急に色を失って喘ぐように唯、唇ばかり動しておりましたが、やがて体中の筋が緩んだように、べたりと畳へ両手をつくと、
「難有い仕合でございまする」と、聞えるか聞えないかわからない程低い声で、丁寧に御礼を申し上げました。これは大方自分の考えていた目もみの恐ろしさが、大殿様

の御言葉につれてありありと目の前へ浮んで来たからでございましょうか。私は一生の中に唯一度、この時だけは良秀が、気の毒な人間に思われました。

## 十六

それから二三日した夜の事でございます。大殿様は御約束通り、良秀を御召しになって、檳榔毛の車の焼ける所を、目近く見せて御やりになりました。尤もこれは堀川の御邸であった事ではございません。俗に雪解の御所と云う、昔大殿様の妹君がいらしった洛外の山荘で、御焼きになったのでございます。

この雪解の御所と申しますのは、久しくどなたも御住いにはならなかった所で、広い御庭も荒れ放題荒れ果てておりましたが、大方この人気のない御容子を拝見した者の当推量でございましょう。ここで御歿くなりになった妹君の御身の上にも、兎角の噂が立ちまして、中には又月のない夜毎々々に、今でも怪しい御袴の緋の色が、地にもつかず御廊下を歩むなどと云う取沙汰を致すものもございました。——それも無理ではございません。昼でさえ寂しいこの御所は、一度日が暮れたとなりますと、遣り水の音が一際陰に響いて、星明りに飛ぶ五位鷺も、怪形の物かと思う程、気味が悪い

のでございますから。

丁度その夜はやはり月のない、まっ暗な晩でございましたが、大殿油*の灯影で眺めますと、縁に近く座を御占めになった大殿様は、浅黄の直衣*に濃い紫の浮紋の指貫*を御召しになって、白地の錦の縁をとった円座*に、高々とあぐらを組んでいらっしゃいました。その前後左右に御側の者どもが五六人、恭しく居並んでおりましたのは、別に取り立てて申し上げるまでもございますまい。が、中に一人、眼だって事ありげに見えたのは、先年陸奥の戦いに餓えて人の肉を食って以来、鹿の生角さえ裂くようになったと云う強力の侍が、下に腹巻を着こんだ容子で、太刀を鴟尻に佩き反らせながら、御縁の下に厳しくつくばっていた事でございます。――それが皆、夜風に靡く灯の光で、或は明るく或は暗く、殆ど夢現を分たない気色で、何故かもの凄く見え渡っておりました。

その上に又、御庭に引き据えた檳榔毛の車が、高い車蓋にのっしりと暗を抑えて、牛はつけず黒い轅を斜に榻*へかけながら、金物の黄金を星のように、ちらちら光らせているのを眺めますと、春とは云うものの何となく肌寒い気が致します。尤もその車の内は、浮線綾の縁をとった青い簾が、重く封じこめておりますから、蜚には何がはいっているか判りません。そうしてそのまわりには仕丁たちが、手ん手に燃えさかる

松明を執って、煙が御縁の方へ靡くのを気にしながら、仔細らしく控えております。
当の良秀は稍離れて、丁度御縁の真向に、跪いておりましたが、これは何時もの香染めらしい狩衣に萎えた揉烏帽子を頂いて、星空の重みに圧されたかと思う位、何時もよりは猶小さく、見すぼらしげに見えました。その後に又一人、同じような烏帽子狩衣の蹲ったのは、多分召し連れた弟子の一人ででもございましょうか。それが丁度二人とも、遠いうす暗がりの中に蹲っておりますので、私のいた御縁の下からは、狩衣の色さえ定かにはわかりません。

　　　　　十七

　時刻はかれこれ真夜中にも近かったでございましょう。林泉をつつんだ暗がひっそりと声を呑んで、一同のする息を窺っているかと思う中には、唯かすかな夜風の渡る音がして、松明の煙がその度に煤臭い匂を送って参ります。大殿様は暫く黙って、この不思議な景色をじっと眺めていらっしゃいましたが、やがて膝を御進めになりますと、

「良秀」と、鋭く御呼びかけになりました。

良秀は何やら御返事を致したようでございますが、私の耳には唯、唸るような声しか聞えて参りません。

「良秀。今宵はその方の望み通り、車に火をかけて見せて遣わそう」

大殿様はこう仰有って、御側の者たちの方を流し眄に御覧になりました。その時何か大殿様と御側の誰彼との間には、意味ありげな微笑が交されたようにも見うけましたが、これは或は私の気のせいかも分りません。すると良秀は畏る畏る頭を挙げて御縁の上を仰いだらしゅうございますが、やはり何も申し上げずに控えております。

「よう見い。それは予が日頃乗る車じゃ。その方も覚えがあろう。——予はその車にこれから火をかけて、目のあたりに炎熱地獄を現ぜさせる心算じゃが」

大殿様は又言葉を御止めになって、御側の者たちに眴せをなさいました。それから急に苦々しい御調子で、「その内には罪人の女房が一人、縛めた儘、乗せてある。されば車に火をかけたら、必定その女めは肉を焼き骨を焦して、四苦八苦の最期を遂げるであろう。その方が屏風を仕上げるには、又とないよい手本じゃ。雪のような肌が燃え爛れるのを見のがすな。黒髪が火の粉になって、舞い上るさまもよう見て置け」

大殿様は三度口を御噤みになりましたが、何を御思いになったのか、今度は唯肩を揺って、声も立てずに御笑いなさりながら、

「末代までもない観物じゃ。予もここで見物しよう。それそれ、簾を揚げて、良秀に中の女を見せて遣さぬか」

仰を聞くと仕丁の一人は、片手に松明の火を高くかざしながら、つかつかと車に近づくと、矢庭に片手をさし伸ばして、簾をさらりと揚げて見せました。けたたましく音を立てて燃える松明の光は、一しきり赤くゆらぎながら、忽ち狭い辆の中を鮮かに照し出しましたが、轅の上に惨らしく、鎖にかけられた女房は——ああ、誰か見違えを致しましょう。きらびやかな繍のある桜の唐衣にすべらかしの寂しい黒髪が艶やかに垂れて、うちかたむいた黄金の釵子も美しく輝いて見えましたが、身なりこそ違え、小造りな体つきは、色の白い頸のあたりは、そうしてあの寂しい位つつましやかな横顔は、良秀の娘に相違ございません。私は危く叫び声を立てようと致しました。

その時でございます。私と向いあっていた侍は慌しく身を起して、柄頭を片手に抑えながら、屹と良秀の方を睨みました。それに驚いて眺めますと、あの男はこの景色に、半ば正気を失ったのでございましょう。今まで下に蹲っていたのが、急に飛び立ったと思いますと、両手を前へ伸した儘、車の方へ思わず知らず走りかかろうと致しました。唯生憎前にも申しました通り、遠い影の中に居りますので、顔貌ははっきりと分りません。しかしそう思ったのはほんの一瞬間で、色を失った良秀の顔は、いや、

まるで何か目に見えない力が、宙へ吊り上げたような良秀の姿は、忽ちうす暗がりを切り抜いてありありと眼前へ浮び上りました。娘を乗せた檳榔毛の車が、この時、「火をかけい」と云う大殿様の御言と共に、仕丁たちが投げる松明の火を浴びて炎々と燃え上ったのでございます。

## 十八

火は見る見る中に、車蓋をつつみました。庇についた紫の流蘇が、煽られたようにさっと靡くと、その下から濛々と夜目にも白い煙が渦を巻いて、或は簾、或は袖、或は棟の金物が、一時に砕けて飛んだかと思う程、火の粉が雨のように舞い上る——そのすさまじさと云ったらございません。いや、それよりもめらめらと舌を吐いて袖格子に搦みながら、半空までも立ち昇る烈々とした炎の色は、まるで日輪が地に落ちて、天火が迸ったようだとでも申しましょうか。前に危く叫ぼうとした私も、今は全く魂を消して、唯茫然と口を開きながら、この恐ろしい光景を見守るより外はございませんでした。しかし親の良秀は——

良秀のその時の顔つきは、今でも私は忘れません。思わず知らず車の方へ駆け寄ろ

うとしたあの男は、火が燃え上ると同時に、足を止めて、やはり手をさし伸した儘、食い入るばかりの眼つきをして、車をつつむ焰煙を吸いつけられたように眺めておりましたが、満身に浴びた火の光で、皺だらけな醜い顔は、髭の先までもよく見えます。が、その大きく見開いた眼の中と云い、引き歪めた唇のあたりと云い、或は又絶えず引き攣っている頬の肉の震えと云い、良秀の心に交々往来する恐れと悲しみと驚きとは、歴々と顔に描かれました。首を刎ねられる前の盗人でも、乃至は十王の庁へ引き出された、十逆五悪の罪人でも、ああまで苦しそうな顔は致しますまい。これには流石にあの強力の侍でさえ、畏る畏る大殿様の御顔を仰ぎました。

 が、大殿様は緊く唇を御嚙みになりながら、時々気味悪く御笑いになって、眼も放さずじっと車の方を御見つめになっていらっしゃいます。そうしてその車の中にはーーああ、私はその時、その車にどんな娘の姿を眺めたか、それを詳しく申し上げる勇気は、到底あろうとも思われません。あの煙に咽んで仰向けた顔の白さ、焰を掃ってふり乱れた髪の長さ、それから又見る間に火と変って行く、桜の唐衣の美しさ、――何と云う惨たらしい景色でございましたろう。殊に夜風が一下して、煙が向うへ靡いた時、赤い上に金粉を撒いたような、焰の中から浮き上って、髪を口に嚙みながら、縛の鎖も切れるばかり身悶えをした有様は、地獄の業苦を目のあたりへ写し出

したかと疑われて、私始め強力の侍までおのずと身の毛がよだちました。
　するとその夜風が又一渡り、御庭の木々の梢にさっと通う——と誰でも、思いましたろう。そう云う音が暗い空を、どこともしらず走ったと思うと、忽ち何か黒いものが、地にもつかず宙にも飛ばず、鞠のように躍りながら、御所の屋根から火の燃えさかる車の中へ、一文字にとびこみました。そうして朱塗のような袖格子が、ばらばらと焼け落ちる中に、のけ反った娘の肩を抱いて、帛を裂くような鋭い声を、何とも云えず苦しそうに、長く煙の外へ飛ばせました。続いて又、二声三声——私たちは我知らず、あっと同音に叫びました。壁代のような焔を後にして、娘の肩に縋っているのは、堀川の御邸に繋いであった、あの良秀と諢名のある、猿だったのでございますから。その猿が何処をどうしてこの御所まで、忍んで来たか、それは勿論誰にもわかりません。が、日頃可愛がってくれた娘なればこそ、猿も一しょに火の中へはいったのでございましょう。

　　　　十九

　が、猿の姿が見えたのは、ほんの一瞬間でございました。金梨子地のような火の粉

が一しきり、ぱっと空へ上ったかと思う中に、猿は元より娘の姿も、黒煙の底に隠されて、御庭のまん中には唯、一輛の火の車が凄じい音を立てながら、燃え沸っているばかりでございます。いや、火の車と云うよりも、或は火の柱と云った方が、あの星空を衝いて煮え返る、恐ろしい火焰の有様にはふさわしいかも知れません。

その火の柱を前にして、凝り固まったように立っている良秀は、──何と云う不思議な事でございましょう。あのさっきまで地獄の責苦に悩んでいたような良秀は、今は云いようのない輝きを、さながら恍惚とした法悦の輝きを、皺だらけな満面に浮べながら、大殿様の御前も忘れたのか、両腕をしっかり胸に組んで、佇んでいるではございませんか。それがどうもあの男の眼の中には、娘の悶え死ぬ有様が映っていないようなのでございます。唯美しい火焰の色と、その中に苦しむ女人の姿とが、限りなく心を悦ばせる──そう云う景色に見えました。

しかも不思議なのは、何もあの男が一人娘の断末魔を嬉しそうに眺めていた、そればかりではございません。その時の良秀には、何故か人間とは思われない、夢に見る獅子王の怒りに似た、怪しげな厳さがございました。でございますから不意の火の手に驚いて、啼き騒ぎながら飛びまわる数の知れない夜鳥でさえ、気のせいか良秀の揉烏帽子のまわりへは、近づかなかったようでございます。恐らくは無心の鳥の眼にも、

あの男の頭の上に、円光の如く懸っている、不可思議な威厳が見えたのでございましょう。

鳥でさえ震えそうでございます。まして私たちは仕丁までも、皆息をひそめながら、身の内も震えるばかり、異様な随喜の心に充ち満ちて、まるで開眼の仏でも見るように、眼も離さず、良秀を見つめました。空一面に鳴り渡る車の火と、それに魂を奪われて、立ちすくんでいる良秀と——何と云う荘厳、何と云う歓喜でございましょう。が、その中でたった一人、御縁の上の大殿様だけは、まるで別人かと思われる程、御顔の色も青ざめて、口元に泡を御ためになりながら、紫の指貫の膝を両手にしっかり御つかみになって、丁度喉の渇いた獣のように喘ぎつづけていらっしゃいました。……

　　　　　二十

その夜雪解の御所で、大殿様が車を御焼きになった事は、誰の口からともなく世上へ洩れましたが、それに就いては随分いろいろな批判を致すものも居ったようでございます。先第一に何故大殿様が良秀の娘を御焼き殺しなすったか、——これは、かなわぬ恋の恨みからなすったのだと云う噂が、一番多うございました。が、大殿様の思

召しは、全く車を焼き人を殺してまでも、屛風の画を描こうとする絵師根性の曲者なの を懲らす御心算だったのに相違ございません。現に私は、大殿様が御口ずからそう 仰有るのを伺った事さえございます。

それからあの良秀が、目前で娘を焼き殺されながら、それでも屛風の画を描きたい と云うその木石のような心もちが、やはり何かとあげつらわれたようでございます。 中にはあの男を罵って、「画の為には親子の情愛も忘れてしまう、人面獣心の曲者だな どと申すものもございました。あの横川の僧都様などは、こう云う考えに味方をなす った御一人で、「如何に一芸一能に秀でようとも、人として五常を弁えねば、地獄に 堕ちる外はない」などと、よく仰有ったものでございます。

ところがその後一月ばかり経って、愈々地獄変の屛風が出来上りますと良秀は早速 それを御邸へ持って出て、恭しく大殿様の御覧に供えました。丁度その時は僧都様も 御居合わせになりましたが、屛風の画を一目御覧になりますと、流石にあの一帖の天 地に吹き荒んでいる火の嵐の恐しさに御驚きなすったのでございましょう。それまで は苦い顔をなさりながら、良秀の方をじろじろ睨めつけていらっしったのが、思わず知 らず膝を打って、「出かしおった」と仰有いました。この言を御聞になって、大殿様 が苦笑なすった時の御容子も、未だに私は忘れません。

それ以来あの男を悪く云うものは、少くとも御邸の中だけでは、殆ど一人もいなくなりました。誰でもあの屏風を見るものは、如何に日頃良秀を憎く思っているにせよ、不思議に厳かな心もちに打たれて、炎熱地獄の大苦艱を如実に感じるからでもございましょうか。

しかしそうなった時分には、良秀はもうこの世に無い人の数にはいっておりました。それも屏風の出来上った次の夜に、自分の部屋の梁へ縄をかけて、縊れ死んだのでございます。一人娘を先立てたあの男は、恐らく安閑として生きながらえるのに堪えなかったのでございましょう。屍骸は今でもあの男の家の跡に埋まっております。尤も小さな標の石は、その後何十年かの雨風に曝されて、とうの昔誰の墓とも知れないように、苔蒸しているにちがいございません。

竜<sup>りゅう</sup>

一

宇治の大納言隆国「やれ、やれ、昼寝の夢が覚めて見れば、今日は又一段と暑いようじゃ。あの松ヶ枝の藤の花さえ、ゆさりとさせる程の風も吹かぬ。何時もは涼しゅう聞える泉の音も、どうやら油蟬の声にまぎれて、反って暑苦しゅうなってしもうた。どれ、又童部たちに煽いででも貰おうか。
「何、往来のものどもが集った？　ではそちらへ参ると致そう。童部たちもその大団扇を忘れずに後からかついで参れ。
「やあ、皆のもの、予が隆国じゃ。大肌ぬぎの無礼は赦してくれい。
「さて今日はその方どもにちと頼みたい事があって、わざと、この宇治の亭へ足を止めて貰うたのじゃ。と申すはこの頃ふとここへ参って、予も人並に双紙を一つ綴ろうと思い立ったが、つらつら独り考えて見れば、生憎予はこれと云うて、筆にする程の話も知らぬ。さりながらあだ面倒な趣向などを凝らすのも、予のような怠けものには、

何より億劫千万じゃ。就いては今日から往来のその方どもに一つつ聞かせて貰うて、それを双紙に編みなそうと思う。さすれば昔の物語は今は昔の物語ついては今日から往来のその方どもに一つつ聞かせて貰うて、それを双紙に編みなそうと思う。さすれば舟にも載せ車にも積む程、四方から集って参るに相違あるまい。何と、皆のもの、迷惑ながらこの所望を叶えてくれる訳には行くまいか。

「何、叶えてくれる？ それは重畳、では早速一同の話を順々にこれで聞くと致そう。

「こりゃ童部たち、一座へ風が通うように、その大団扇で煽いでくれい。それで少しは涼しくもなろうと申すものじゃ。鋳物師も陶器造も遠慮は入らぬ。二人ともずっとこの机のほとりへ参れ。鮓売の女も日が近くば、桶はその縁の隅へ置いたが好いぞ。わ法師も金鈸を外したらどうじゃ。そこな侍も山伏も箸を敷いたろうな。よいか、支度が整うたら、まず第一に年かさな陶器造の翁から、何なりとも話してくれい」

　　　　　二

翁「これは、これは、御叮嚀な御挨拶で、下賤な私どもの申し上げます話を、一々

御体屈でも暫くの間、御耳を御借し下さいまし。
「私どものまだ年若な時分、奈良に蔵人得業恵印と申しまして、一人の法師が居りました。しかもその鼻の先が、まるで蜂にでも刺されたかと思う位、年が年中恐ろしくまっ赤なのでございます。そこで奈良の町のものが、これに渾名をつけまして、鼻蔵——と申しますのは、元来大鼻の蔵人得業と呼ばれたのでございますが、それではちと長すぎると申しますので、やがて、誰云うとなく鼻蔵人と申し囃しました。が、暫く致しますと、それでもまだ長いと申しますので、さてこそ鼻蔵々々と、謡われるようになったのでございます。現に私も一両度、その頃奈良の興福寺の寺内で見かけた事がございますが、いかさま鼻蔵とでも譏られそうな、世にも見事な赤鼻の天狗鼻でございました。その鼻蔵の、鼻蔵人の、大鼻の蔵人得業の恵印法師が、或夜の事、弟子もつれずに唯一人そっと猿沢の池のほとりへ参りまして、あの采女柳の前の堤へ、『三月三日この池より竜昇らんずるなり』と筆太に書いた建札を、高々と一本打ちました。けれども恵印は実の所、猿沢の池に竜などがほんとうに住ん

でいたかどうか、心得ていた訳ではございません。ましてその竜が三月三日に天上すると申す事は、全く口から出まかせの法螺なのでございます。いや、どちらかと申しましたら、天上しないと申す方がまだ確だったでございましょう。ではどうしてそんな入らざる真似を、致したかと申しますと、恵印は日頃から奈良の僧俗が何かにつけて自分の鼻を笑いものにするのが不平なので、今度こそこの鼻蔵人にとりかかった一番かつ いだ揚句、さんざん笑い返えしてやろうと、こう云う魂胆で悪戯をしましょうが、兎角どこにもあり勝ちでございました。
御前などが御聞きになりましたら、さぞ笑止な事と思召しましょうが、兎角どこにもあり勝何分今は昔の御話で、その頃はかような悪戯を致しますものが、兎角どこにもあり勝ちでございました。

「さてあくる日、第一にこの建札を見つけましたのは、毎朝興福寺の如来様*を拝みに参ります婆さんで、これが珠数をかけた手に竹杖をせっせとつき立てながら、まだ靄のかかっている池のほとりへ来かかりますと、昨日までなかった建札が、采女柳の下に立っております。はて法会の建札にしては妙な所に立っているなと不審には思ったのでございますが、何分文字が読めませんので、その儘通りすぎようと致しました時、折よく向うから偏衫*を着た法師が一人、通りかかったものでございますから、頼んで読んで貰いますと、何しろ『三月三日この池より竜昇らんずるなり』で、――誰でも

これには驚いたでございましょう。その婆さんも呆気にとられて、曲った腰をのしながら、『この池に竜などが居りましょうかいな』と、とぼんと法師の顔を見上げますと、法師は反って落ち着き払って、『昔、唐の或学者が眉の上に瘤が出来て、痒うてたまらなんだ事があるが、或日一天俄に搔き曇って、雷雨車軸を流すが如く降り注いだと見てあれば、忽ちその瘤がふっつと裂けて、中から一匹の黒竜が雲を捲いて一文字に昇天したと云う話もござる。瘤の中にさえ竜が居たなら、ましてこれ程の池の底には、何十匹となく蛟竜毒蛇が蟠っていようも知れぬ道理じゃ』と、説法したそうでございます。何しろ出家に妄語はないと日頃から思いこんだ婆さんの事でございますから、これを聞いて肝を消しますまい事か、『成程そう承りますれば、どうやらあの辺の水の色が怪しいように見えますわいな』と、喘ぎ喘ぎ念仏を申しながら、竹杖をつく間もまだるこしそうに急いで逃げてしまいました。後で人目がございませんでしたら、腹を抱えたかったのはこの法師で——これはそうでございましょう。実はあの発頭人の得業恵印、渾名は鼻蔵が、よんべ昨夜建てた高札にひっかかった鳥がありそうだ位な、甚怪しからん量見で、容子を見ながら、池のほとりを、歩いておったのでございますから。が、婆さんの行った後には、もう早立ちの旅人と見えて、伴の下人に荷を負わせた虫の垂

衣の女が一人、市女笠の下から建札を読んでいるのでございます。そこで恵印は大事をとって、一生懸命笑を嚙み殺しながら、自分も建札の前に立って一応読むようなふりをすると、あの大鼻の赤鼻をさも不思議そうに鳴らして見せて、それからのそのそ興福寺の方へ引返して参りました。
「すると興福寺の南大門の前で、思いがけなく顔を合せましたのは、同じ坊に住んでおった恵門と申す法師でございます。それが恵印に出合いますと、ふだんから片意地なげじげじ眉をちょいとひそめて、『御坊には珍しい早起きでござるな。これは天気が変るかも知れませぬぞ』と申しますから、こちらは得たり賢しと鼻を一ぱいにやつきながら、『如何にも天気位は変るかも知れませぬて。聞けばあの猿沢の池から三月三日には、竜が天上するとか申すではござらぬか』と、したり顔に答えました。これを聞いた恵門は疑わしそうに、じろりと恵印の顔を睨めましたが、すぐに喉を鳴らしながらせせら笑って、『御坊は善い夢を見られたな。いやさ、竜の天上するなどと申す夢は吉兆じゃとか聞いた事がござる』と、鉢の開いた頭を聳やかせた儘、行きすぎようと致しましたが、恵印がまるで独り言のように、『はてさて、縁無き衆生は度し難しじゃ』と、呟いた声でも聞えたのでございましょう。麻緒の足駄の歯を捻って、憎々しげにふり返りますと、まるで法論でもしかけそうな勢で、『それとも何か竜が

天上すると申す、しかとした証拠がござるかな』と問い詰めて恵印はわざと悠々と、もう朝日の光がさし始めた池の方を指さしまして、『愚僧の申す事が疑わしければ、あの采女柳の前にある高札を読まれたがよろしゅうござろう』と、見下すように答えました。これにはさすがに片意地な恵印も、少しは鋒を挫かれたのか、眩しそうな瞬きを一つすると、『ははあ、そのような高札が建ちたか』と気のない声で云い捨てながら、又てくてく歩き出しましたが、今度は鉢の開いた頭を傾けて、何やら考えて行くらしいのでございます。その後姿を見送った鼻蔵人の可笑しさは、大抵御推察が参りましょう。恵印はどうやら赤鼻の奥がむず痒いような心もちがして、しかつめらしく南大門の石段を上って行く中にも、思わず吹き出さずにはおられませんでした。

「その朝でさえ、『三月三日この池より竜昇らんずるなり』の建札は、これ程の利き目がございましたから、まして一日二日と経って見ますと、奈良の町中どこへ行っても、この猿沢の池の竜の噂が出ない所はございません。元より中には『あの建札も誰かの悪戯であろう』など申すものもございましたが、折から京では神泉苑\*の竜が天上致したなどと申す評判もございましたので、そう云うものさえ内心では半信半疑と申しょうか、事によるとそんな大変があるかも知れない位な気にはなっておったのでご

ざいます。するとここに又思いもよらない不思議が起ったと申しますのは、春日の御社に仕えております或禰宜の一人娘で、とって九つになりますのが、天から一匹の黒竜が雲のように降って来て、『わしは愈三月三日に天上する事になったが、決してお前たち町のものに迷惑はかけない心算だから、どうか安心していてくれい』と人語を放って申しました。そこで娘は目がさめると、すぐにこれこれこうこうと母親に話しましたので、さては猿沢の池の竜が夢枕に立ったのだと、忽ち又それが町中の大評判になったではございませんか。こうなると話にも尾鰭がついて、やれあすこの稚児にも竜が憑いて歌を詠んだの、やれここの巫女にも竜が現れて託宣をしたのと、まるでその猿沢の池の竜が今にもあの水の上へ、首でも出しそうな騒ぎでございます。いや、首までは出しも致しますまいが、その中に竜の正体を、目のあたりにしかと見とどけたと申す男さえ出て参りました。これは毎朝川魚を市へ売りに出ます老爺で、その日もまだうす暗いのに猿沢の池へかかりますと、あの采女柳の枝垂れたあたり、建札のある堤の下に漫々と湛えた夜明け前の水が、そこだけほんのりとうす明るく見えたそうでございます。何分にも竜の噂がやかましい時分でございますから、『さては竜神の御出ましか』と、嬉しいともつかず、恐しいともつかず、唯ぶるぶる胴震いをしながら、

川魚の荷をそこへ置くなり、ぬき足にそっと忍び寄ると、透かすように、池を窺いました。するとそのほの明い水の底に、黒金の鎖を巻いたような何とも知れない怪しい物が、じっと蟠っておりましたが、忽ち人音に驚いたのか、ずるりとそのとぐろをほどきますと、見る見る池の面に水脈が立って、怪しい物の姿はどこともなく知れず消え失せてしまったそうでございます。が、これを見ました老爺は、やがて総身に汗をかいて、荷を下した所へ来て見ますと、何時の間にか鯉鮒合せて二十尾びきもいた商売物がなくなっていたそうでございますから、『大方劫を経た獺にでも欺されたのであろう』などと晒うものもございました。けれども中には『竜王が鎮護遊ばすあの池のいらっしゃる池の中へ御召し寄せなすったのに相違ない』と申すものも、思いの外多かったようでございます。

「こちらは鼻蔵の恵印法師で、『三月三日この池より竜昇らんずるなり』の建札が大評判になるのにつけ、内々あの大鼻をうごめかしては、にやにや笑っておりましたが、やがてその三月三日も四五日の中に迫って参りますと、驚いた事には摂津の国桜井にいる叔母の尼が、是非その竜の昇天を見物したいと申すので、遠い路をはるばると上って参ったではございませんか。これには恵印も当惑して、嚇すやら、賺すやら、い

ろいろ手を尽して桜井へ帰って貰おうと致しましたが、叔母は『わしもこの年じゃで、
竜王の御姿をたった一目拝みさえすれば、もう往生しても本望じゃ』と、剛情にも腰
を据えて、甥の申す事などには耳を借そうとも致しません。と申してあの建札は自分
が悪戯に建てたのだとも、今更白状する訳には参りませんから、恵印もとうとう我を
折って、三月三日まではその叔母の世話を引き受けたばかりでなく、当日は一しょに
竜神の天上する所を見に行くと云う約束までもさせられました。さてこうなって考え
ますと、叔母の尼さえ竜の事を聞き伝えたのでございますから、大和の国内は申すま
でもなく、摂津の国、和泉の国、河内の国を始めとして、事によると播磨の国、山城
の国、近江の国、丹波のあたりまでも、もうこの噂が一円にひろまっているので
ございましょう。つまり奈良の老若をかつごうと思ってした悪戯が、思いもよらず四
方の国々で何万人とも知れない人間を瞞す事になってしまったのでございます。恵印
はそう思いますと、可笑しいよりは何となく空恐しい気が先に立って、朝夕叔母の尼
の案内がてら、つれ立って奈良の寺々を見物しに歩いております間も、とんと検非違
使の眼を偸んで、身を隠している罪人のような後めたい思いがしておりました。が、
時々往来のものの話などで、あの建札へこの頃は香花が手向けてあると云う噂を聞く
事でもございますと、やはり気味の悪い一方では、一かど大手柄でも建てたような嬉

しい気が致すのでございます。
「その内に追い追い日数が経って、とうとう竜の天上する三月三日になってしまいました。そこで恵印は約束の手前、今更外に致し方もございませんから、渋々叔母の尼の伴をして、猿沢の池が一目に見えるあの興福寺の南大門の石段の上へ参りました。丁度その日は空もほがらかに晴れ渡って、門の風鐸を鳴らす程の風さえ吹く気色はございませんでしたが、それでも今日と云う今日を待ち兼ねていた見物は、奈良の町は申すに及ばず、河内、和泉、摂津、播磨、山城、近江、丹波の国々からも押し寄せて参ったのでございましょう。石段の上に立って眺めますと、見渡す限り西も東も一面の人の海で、それが又末はほのぼのと霞をかけた二条の大路のはてのはてまで、あらゆる烏帽子の波をざわめかせているのでございます。と思うとそのところどころには、青糸毛だの、赤糸毛だの、或は又梅檀庇だのの数奇を凝らした牛車が、のっしりとあたりの人波を抑えて、屋形に打った金銀の金具を折からうららかな春の日ざしに、眩ゆくきらめかせておりました。その外、日傘をかざすもの、平張りを空に張り渡すもの、或は又仰々しく桟敷を路に連ねるもの――まるで目の下の池のまわりは時ならぬ加茂の祭でも渡りそうな景色でございます。これを見た恵印法師はまさかあの建札を立てたばかりで、これ程の大騒ぎが始まろうとは夢にも思わずにおりまし

たから、さも呆れ返ったように叔母の尼の方をふり向きますと、『いやはや、飛んでもない人出でござるな』と情けない声で申したきり、さすがに今日はけの元気も出ないと見えて、その儘南大門の柱の根がたへ意気地なく蹲ってしまいました。

「けれども元より叔母の尼には、恵印のそんな腹の底が呑みこめる訳もございませんから、こちらは頭巾もずり落ちる程一生懸命首を延ばして、あちらこちらを見渡しながら、成程竜神の御栖まいになる池の景色は格別だの、これ程の人出がした上は、きっと竜神も御姿を御現わしなさるだろうのと、何かと恵印をつかまえては話しかけるのでございます。そこでこちらも柱の根がたに坐ってばかりはおられませんので、嫌々腰を擡げて見ますと、ここにも揉烏帽子や侍烏帽子が人山を築いておりましたが、その中に交ってあの恵門法師も、相不変鉢の開いた頭を一きわ高く聳やかせながら、鵜の目もふらず池の方を眺めているではございませんか。恵印は急に今までの情けない気もちも忘れてしまって、唯この男さえかついでやったら話しかけられながら、『御坊』と一つ声をかけて、それから『御坊も竜の天上を御覧かな』とからかうように申しましたが、恵門は横柄にふりかえると、思いの外真面目な顔で、

『さようでござる。御同様大分待ち遠しい思いをしますな』と、例のげじげじ眉も動か

さずに答えるのでございます。これはちと薬が利きすぎた——と思うと、浮いた声も自然に出なくなってしまいましたから、恵印は又元の通り世にも心細そうな顔をして、ぼんやり人の海の向うにある猿沢の池を見下しました。が、池はもう暖んだらしい底光りのする水の面に、堤をめぐった桜や柳を鮮にじっと映した儘、何時になっても竜などを天上させる気色はございません。殊にそのまわり何里四方が、隙間もなく見物の人数で埋まってでもいるせいか、今日は池の広さが日頃より一層狭く見えるようで、第一ここに竜が居ると云うそれが抑々途方もない嘘のような気が致すのでございます。
「が、一時々々と時の移って行くのも知らないように、見物は皆片唾を飲んで、気長に竜の天上を待ちかまえているのでございましょう。門の下の人の海は益々広がって行くばかりで、暫くする内には牛車の数も、所によっては車の軸が互に押し合いへし合う程、多くなって参りました。それを見た恵印の情けなさは、大概前からの行きがかりでも、御推察が参るでございましょう。が、ここに妙な事が起ったと申しますのは、どう云うものか、恵印の心にもほんとうに竜が昇りそうな——それも始はどちらかと申すと、昇らない事もなさそうな気がし出した事でございます。恵印は元よりあの高札を打った当人でございますから、そんな莫迦げた気のすることはありそうもな

いものでございますが、目の下で寄せつ返しつしている烏帽子の波を見ておりますと、どうもそんな大変が起りそうな気が致してなりません。これは見物の人数の心もちが何時となく鼻蔵にも乗り移ったのでございましょうか。それともあの建札を建てたばかりに、こんな騒ぎが始まったと思うと、何となく気が咎めるのでございましょうか。その辺の事情は兎も角も、あの高札の文句を書いたものは自分だと重々承知しながら、それでも恵印は次第々々に情けない気もちが薄くなって、自分も叔母の尼と同じように飽かず池の面を眺め始めました。又成程そう云う気が起りでも致しませんでしたら、昇る気づかいのない竜を待って、如何に不承々々とは申すものの、南大門の下に小一日も立っておる訳には参りますまい。

「けれども猿沢の池は前の通り、漣も立てずに春の日ざしを照り返しておるばかりでございます。空もやはりほがらかに晴れ渡って、拳程の雲の影さえ漂っておる容子はございません。が、見物は相不変、日傘の陰にも、平張の下にも、或は又桟敷の欄干の後にも、簇々と重なり重なって、朝から午へ、午から夕へ日影が移るのも忘れたように、竜王が姿を現すのを今か今かと待っておりました。

「すると恵印がそこへ来てから、やがて半日もすぎた時分、まるで線香の煙のような

一すじの雲が中空にたなびいたと思いますと、見る間にそれが大きくなって、今までのどかに晴れていた空が、俄にうす暗く変りました。その途端に一陣の風がさっと、猿沢の池に落ちて、鏡のように見えた水の面に無数の波を描きましたが、さすがに覚悟はしていながら慌ててまどった見物が、あれよあれよと申す間もなく、天を傾けてまっ白にどっと雨が降り出したではございませんか。のみならず神鳴も急に凄じく鳴りはためいて、絶えず稲妻が梭のように飛びちがうのでございます。それが一度鍵の手に群がる雲を引き裂いて、余る勢に池の水を柱の如く捲き起したようでございましたが、恵印の眼にはその刹那、その水煙と雲との間に、金色の爪を閃かせて一文字に空へ昇って行く十丈あまりの黒竜が、朦朧として映りました。が、それは瞬く暇で、後は唯風雨の中に、池をめぐった桜の花がまっ暗な空へ飛ぶのばかり見えたと申す事でございます——一度を失った見物が右往左往に逃げ惑って、池にも劣らない人波を稲妻の下で打たせた事は、今更別にくだくだしく申し上げるまでもございますまい。

「さてその内に豪雨もやんで、青空が雲間に見え出しますと、恵印は鼻の大きいのも忘れたような顔色で、きょろきょろあたりを見廻しました。一体今見た竜の姿は眼のせいではなかったろうか——そう思うと、自分が高札を打った当人だけに、どうも竜の天上するなどと申す事は、なさそうな気も致して参ります。と申して、見た事は確

に見たのでございますから、考えれば考える程益々不審でたまりません。そこで側の柱の下に死んだようになって坐っていた叔母の尼を抱き起しますと、妙にてれた容子も隠しきれないで、『竜を御覧じられたかな』と臆病らしく尋ねました。すると叔母も大息をついて、暫くは口もきけないのか、唯何度となく恐しそうに頷くばかりでございましたが、やがてまた震え声で、『見たとも、見たとも、金色の爪ばかり閃かいた、一面にまっ黒な竜神じゃろが』と答えるのでございます。して見ますと竜を見たのは、何も鼻蔵人の得業恵印の眼のせいばかりではなかったのでございましょう。いや、後で世間の評判を聞きますと、その日そこに居合せた老若男女は、大抵皆雲の中に黒竜の天へ昇る姿を見たと申す事でございました。

「その後恵印は何かの拍子に、実はあの建札は自分の悪戯だったと申す事を白状してしまいましたが、恵門を始め仲間の法師は一人もその白状をほんとうとは思わなかったそうでございます。これで一体あの建札の悪戯は図星に中ったのでございましょうか。それとも的を外れたのでございましょうか。鼻蔵の、鼻蔵人の、大鼻の蔵人得業の恵印法師に尋ねましても、恐らくこの返答ばかりは致し兼ねるのに相違ございますまい。………」

三

宇治大納言隆国、「成程これは面妖*な話じゃ。昔はあの猿沢池にも、竜が棲んでおったと見えるな。何、昔もいたかどうか分らぬ。いや、昔は棲んでおったに相違あるまい。昔は天が下の人間も皆心から水底には、竜が住むと思うておった。さすれば竜もおのずから天地の間に飛行して、神の如く折々は不思議な姿を現した筈じゃ。が、予に談議を致させるよりは、その方どもの話を聞かせてくれい。次は行脚の法師の番じゃな。

「何、その方の物語は、池の尾の禅智内供*とか申す鼻の長い法師の事じゃ？これは又鼻蔵の後だけに、一段と面白かろう。では早速話してくれい。――」

往生絵巻

童　やあ、あそこへ妙な法師が来た。みんな見ろ。みんな見ろ。
鮓売の女　ほんとうに妙な法師じゃないか？　あんなに金皷をたたきながら、何だか大声に喚いている。……
薪売の翁　わしは耳が遠いせいか、何を喚くのやら、さっぱりわからぬ。もしもし、あれは何と云うておりますな？
箔打の男　あれは「阿弥陀仏よや。おおい。おおい」と云っているのさ。
薪売の翁　ははあ、――では気違いだな。
菜売の媼　いやいや、難有い御上人かも知れぬ。私は今の間に拝んで置こう。
鮓売の女　それでも憎憎しい顔じゃないか？　あんな顔をした御上人が何処の国にいるものかね。
箔打の男　まあ、そんな事だろうよ。
菜売の媼　勿体ない事を御云いでない。罰でも当ったら、どうおしだえ？
童　気違いやい。気違いやい。

五位の入道　阿弥陀仏よや。おおい。おおい。

犬　わんわん。わんわん。

物詣の女房　御覧なさいまし。可笑しい法師が参りました。その伴ああ云う莫迦者は女を見ると、悪戯をせぬとも限りません。幸い近くならぬ内に、こちらの路へ切れてしまいましょう。

鋳物師　おや、あれは多度の五位殿じゃないか？

水銀を商う旅人　五位殿だか何だか知らないが、あの人が急に弓矢を捨てて、出家してしまったものだから、多度では大変な騒ぎだったよ。

青侍　成程五位殿に違いない。北の方や御子様たちは、さぞかし御歎きなすったろう。

水銀を商う旅人　何でも奥方や御子供衆は、泣いてばかり御出でだとか云う事でした。

鋳物師　しかし妻子を捨ててまでも、仏門に入ろうとなすったのは、近頃健気な御志だ。

干魚を売る女　何の健気な事がありますものか？　捨てられた妻子の身になれば、弥陀仏でも女でも、男を取ったものには怨みがありますわね。

青侍　いや、大きにこれも一理屈だ。ははははは。

犬　わんわん。わんわん。

五位の入道　阿弥陀仏よや。おおい。おおい。

馬上の武者　ええ、馬が驚くわ。どうどう。

櫃をおえる従者　気違いには手がつけられませぬ。

老いたる尼　あの法師は御存知の通り、殺生好きな悪人でしたが、よく発心したものですね。

若き尼＊　ほんとうに恐しい人でございました。山狩や川狩をするばかりか、乞食なぞも遠矢にかけましたっけ。好い時に遇ったものだ。もう二三日早かったら、胴中に矢の穴が明いたかも知れぬ。

手に足駄を穿ける乞食　どうして又ああ云う殺伐な人が、頭を剃る気になったのでしょう？

栗胡桃なぞを商う主　さあ、それは不思議ですが、やはり御仏の御計らいでしょう。

油を商う主　私はきっと天狗か何かが、憑いていると思うのだがね。

老いたる尼　いや、私は狐だと思ってるのさ。

栗胡桃なぞを商う主　それでも天狗はどうかすると、仏に化けると云うじゃないか？

栗胡桃なぞを商う主　何、仏に化けるものは、天狗ばかりに限った事じゃない。狐も
やっぱり化けるそうだ。

手に足駄を穿ける乞食　どれ、この暇に頸の袋へ、栗でも一ぱい盗んで行こうか。

若き尼　あれあれ、あの金鼓の音に驚いたのか、鶏が皆屋根へ上りました。

五位の入道　阿弥陀仏よや。おおい。おおい。

釣をする下衆　これは騒騒しい法師が来たものだ。

その伴　どうだ、あれは？　跋の乞食が駈けて行くぜ。

牟子をしたる旅の女　私はちと足が痛うなった。あの乞食の足でも借りたいものじゃ。

皮子を負える下人　もうこの橋を越えさえすれば、すぐに町でございます。

釣をする下衆　牟子の中が一目見てやりたい。

その伴　おや、側見をしている内に、何時か餌をとられてしまった。

五位の入道　阿弥陀仏よや。おおい。おおい。

牟子　かあかあ。

田を植うる女　「時鳥よ。おれよ。かやつよ。おれ泣きてぞわれは田に立つ」*

その伴　御覧よ。可笑しい法師じゃないか？

鴉　かあかあ。かあかあ。

五位の入道　阿弥陀仏よや。おおい。おおい。

暫時人声なし。松風の音。

五位の入道　阿弥陀仏よや。おおい。おおい。

再び松風の音。

五位の入道　阿弥陀仏よや。おおい。おおい。

老いたる法師　御坊。御坊。

五位の入道　身共を御呼びとめなすったかな？

老いたる法師　如何にも。御坊は何処へ御行きなさる？

五位の入道　西へ参る。

老いたる法師　西は海じゃ。

五位の入道　海でもとんと大事ござらぬ。身共は阿弥陀仏を見奉るまでは、何処までも西へ参る所存じゃ。

老いたる法師　これは面妖な事を承るものじゃ。では御坊は阿弥陀仏が、今にもありありと目のあたりに、拝ませられると御思いかな？

五位の入道　思わねば何も大声に、御仏の名なぞを呼びは致さぬ。身共の出家もその為でござるよ。

老いたる法師　それには何か仔細でもござるかな？

五位の入道　いや、別段仔細なぞはござらぬ。唯一昨日狩の帰りに、或講師の説法を聴聞したと御思いなされい。その講師の申されるのを聞けば、どのような破戒の罪人でも、阿弥陀仏に知遇し奉れば、浄土に住かれると申す事じゃ。身共はその時体中の血が、一度に燃え立ったかと思う程、急に阿弥陀仏が恋しゅうなった。

‥‥‥‥‥‥‥

老いたる法師　それから御坊はどうなされたな？

五位の入道　身共は講師をとって伏せた。

老いたる法師　何、とって伏せられた？

五位の入道　それから刀を引き抜くと、講師の胸さきへつきつけながら、阿弥陀仏の在処を責め問うたよ。

老いたる法師　これは又滅相な尋ね方じゃ。さぞ講師は驚いたでござろう。

五位の入道　苦しそうに眼を吊り上げた儘、西、西と申された。――や、とこうするうちに、もう日暮じゃ。途中に暇を費していては、阿弥陀仏の御前も畏れ多い。では御免を蒙ろうか。――阿弥陀仏よや。おおい。おおい。

老いたる法師　いや、飛んだ物狂いに出合うた。どれわしも帰るとしよう。

三度松風の音　次第に波の音を交ゆ。

五位の入道　阿弥陀仏よや。おおい。おおい。

波の音　時に千鳥の声。

五位の入道　阿弥陀仏よや。おおい。おおい。――この海辺には舟も見えぬ。見えるのは唯波ばかりじゃ。阿弥陀仏の住まれる国は、あの波の向うにあるかも知れぬ。もし身共が鶩の鳥ならば、すぐに其処へ渡るのじゃが、……しかしあの講師も阿弥陀仏には、広大無辺の慈悲があると云うた。して見れば身共が大声に、御仏の名前を呼び続けたら、答位はなされぬ事もあるまい。されずば呼び死に、死ぬるまでじゃ。幸い此処に松の枯木が、二股に枝を伸ばしている。まずこの梢に登るとしようか。――阿弥陀仏よや。おおい。おおい。

再び波の音　時に千鳥の声。

老いたる法師　あの物狂いに出合ってから、もう今日は七日目じゃ。何でも生身の阿弥陀仏に、御眼にかかるなぞと云うていたが。――その後は何処へ行きおったか、――おお、この枯木の梢の上に、たった一人登っているのは、紛れもない法師じゃ。御坊。御坊。……返事をせぬのも不思議はない。何時か息が絶えているわ。餌袋も持たぬ所を見れば、可哀そうに餓死んだと見える。

三度(みたび)波の音　時に千鳥の声。

老いたる法師　この儘梢に捨てて置いては、鴉の餌食(えじき)になろうも知れぬ。何事も前世の因縁じゃ。どれわしが葬(とむろ)うてやろう。――や、これはどうじゃ。この法師の屍骸(しがい)の口には、まっ白な蓮華(れんげ)が開いているぞ。そう云えば此処へ来た時から、異香(いこう)も漂うてはいた容子(ようす)じゃ。では物狂いと思うたのは、尊い上人(しょうにん)でいらせられたのか。そうとも知らずに、御無礼を申したのは、反(か)えす反(が)えすもわしの落度じゃ。南無阿弥陀仏(だぶつ)。南無阿弥陀仏。南無阿弥陀仏。南無阿弥陀仏。

藪(やぶ)
の
中

## 検非違使に問われたる木樵りの物語

さようでございます。あの死骸を見つけたのは、わたしに違いございません。わたしは今朝何時もの通り、裏山の杉を伐りに参りました。すると山陰の藪の中に、あの死骸があったのでございます。あった処でございますか？　それは山科の駅路からは、四五町程隔たっておりましょう。竹の中に痩せ杉の交った、人気のない所でございます。

死骸は縹の水干に、都風のさび烏帽子をかぶった儘、仰向けに倒れておりました。何しろ一刀とは申すものの、胸もとの突き傷でございますから、死骸のまわりの竹の落葉は、蘇芳に滲みたようでございます。いえ、血はもう流れてはおりません。傷口も乾いておったようでございます。おまけに其処には、馬蠅が一匹、わたしの足音も聞えないように、べったり食いついておりましたっけ。

太刀か何かは見えなかったか？　いえ、何もございません。唯その側の杉の根がた

に、縄が一筋落ちておりました。それから、——そうそう、縄の外にも櫛が一つござ いました。死骸のまわりにあったものは、この二つぎりでございます。が、草や竹の 落葉は、一面に踏み荒されておりましたから、きっとあの男は殺される前に、余程手 痛い働きでも致したのに違いございません。何、馬はいなかったか？　あそこは一体 馬なぞには、はいれない所でございます。何しろ馬の通う路とは、藪一つ隔たってお りますから。

## 検非違使に問われたる旅法師の物語

あの死骸の男には、確かに昨日遇っております。昨日の、——さあ、午頃でござい ましょう。場所は関山*から山科へ、参ろうと云う途中でございます。あの男は馬に乗 った女と一しょに、関山の方へ歩いて参りました。女は牟子を垂れておりましたから、 顔はわたしにはわかりません。見えたのは唯萩重ねらしい、衣の色ばかりでございま す。馬は月毛の、——確か法師髪の馬のようでございました。丈でございますか？　 丈は四寸もございましたか？　——何しろ沙門の事でございますから、その辺ははっき り存じません。男は、——いえ、太刀も帯びておれば、弓矢も携えておりました。殊

に黒い塗り箙へ、二十あまり征矢をさしたのは、唯今でもはっきり覚えております。あの男がかようになろうとは、夢にも思わずにおりましたが、真に人間の命なぞは、如露亦如電に違いございません。やれやれ、何とも申しようのない、気の毒な事を致しました。

## 検非違使に問われたる放免の物語

わたしが搦め取った男でございますか？　これは確かに多襄丸と云う、名高い盗人でございます。尤もわたしが搦め取った時には、馬から落ちたのでございましょう、粟田口の石橋の上に、うんうん呻っておりました。時刻でございますか？　時刻は昨夜の初更頃でございます。何時ぞやわたしが捉え損じた時にも、やはりこの紺の水干に、打出しの太刀を佩いておりました。唯今はその外にも御覧の通り、弓矢の類さえ携えております。さようでございますか？　あの死骸の男が持っていたのも、——では人殺しを働いたのは、この多襄丸に違いございません。革を巻いた弓、黒塗りの箙、鷹の羽の征矢が十七本、——これは皆、あの男が持っていたものでございましょう。はい。馬も仰有る通り、法師髪の月毛でございます。その畜生に落されるとは、何か

の因縁に違いございません。それは石橋の少し先に、長い端綱を引いた儘、路ばたの青芒を食っておりました。

この多襄丸と云うやつは、洛中に徘徊する盗人の中でも、女好きのやつでございます。昨年の秋鳥部寺の賓頭盧の後の山に、物詣でに来たらしい女房が一人、女の童と一しょに殺されていたのは、こいつの仕業だとか申しておりました。その月毛に乗っていた女も、こいつがあの男を殺したとなれば、何処へどうしたかわかりません。差出がましゅうございますが、それも御詮議下さいまし。

## 検非違使に問われたる媼の物語

はい、あの死骸は手前の娘が、片附いた男でございます。が、都のものではございません。若狭の国府の侍でございます。名は金沢の武弘、年は二十六歳でございました。いえ、優しい気立でございますから、遺恨なぞ受ける筈はございません。

娘でございますか？ 娘の名は真砂、年は十九歳でございます。これは男にも劣らぬ位、勝気の女でございますが、まだ一度も武弘の外には、男を持った事はございません。顔は色の浅黒い、左の眼尻に黒子のある、小さい瓜実顔でございます。

武弘は昨日娘と一しょに、若狭へ立ったのでございますが、こんな事になりますとは、何と云う因果でございましょう。しかし娘はどうなりましたやら、婿の事はあきらめましても、これだけは心配でなりません。どうかこの姥が一生のお願いでございますから、たとい草木を分けましても、娘の行方をお尋ね下さいまし。何に致せ憎いのは、その多襄丸とか何とか申す、盗人のやつでございます。婿ばかりか、娘までも……（跡は泣き入りて言葉なし）

## 多襄丸の白状

＊　＊　＊　＊　＊

あの男を殺したのはわたしです。しかし女は殺しはしません。では何処へ行ったのか？　それはわたしにもわからないのです。まあ、お待ちなさい。いくら拷問にかけられても、知らない事は申されますまい。その上わたしもこうなれば、卑怯な隠し立てはしないつもりです。

わたしは昨日の午少し過ぎ、あの夫婦に出会いました。その時風の吹いた拍子に、

牟子の垂絹が上ったものですから、ちらりと女の顔が見えたのです。ちらりと、——見えたと思う瞬間には、もう見えなくなったのでしょう、わたしにはあの女の顔が、女菩薩のように見えたのです。わたしはその咄嗟の間に、たとい男は殺しても、女は奪おうと決心しました。

何、男を殺すなぞは、あなた方の思っているように、大した事ではありません。どうせ女を奪うとなれば、必、男は殺されるのです。唯わたしは殺す時に、腰の太刀を使うのですが、あなた方は太刀は使わない、唯権力で殺す、金で殺す、どうかするとお為ごかしの言葉だけでも殺すでしょう。成程血は流れない、男は立派に生きている、——しかしそれでも殺したのです。罪の深さを考えて見れば、あなた方が悪いか、わたしが悪いか、どちらが悪いかわかりません。（皮肉なる微笑）

しかし男を殺さずとも、女を奪う事が出来れば、別に不足はない訳です。いや、その時の心もちでは、出来るだけ男を殺さずに、女を奪おうと決心したのです。が、あの山科の駅路では、とてもそんな事は出来ません。そこでわたしは山の中へ、あの夫婦をつれこむ工夫をしました。

これも造作はありません。わたしはあの夫婦と途づれになると、向うの山には古塚がある、この古塚を発いて見たら、鏡や太刀が沢山出た、わたしは誰も知らないよう

に、山の陰の藪の中へ、そう云う物を埋めてある、もし望み手があるならば、どれでも安い値に売り渡したい、――と云う話をしたのです。男は何時かわたしの話に、だんだん心を動かし初めました。それから、――どうです、慾と云うものは恐しいではありませんか？　それから半時もたたない内に、あの夫婦はわたしと一しょに、山路へ馬を向けていたのです。

わたしは藪の前へ来ると、宝はこの中に埋めてある、見に来てくれと云いました。男は慾に渇いていますから、異存のある筈はありません。が、又あの藪の茂っているのを見ては、そう云うのも無理はありますまい。わたしはこれも実を云えば、思う壺にはまったのですから、女一人を残した儘、男と藪の中へはいりました。

藪は少時の間は竹ばかりです。が、半町程行った処に、やや開いた杉むらがある、――わたしの仕事を仕遂げるのには、これ程都合の好い場所はありません。わたしは藪を押し分けながら、宝は杉の下に埋めてあると、尤もらしい嘘をつきました。男はわたしにそう云われると、もう痩せ杉が透いて見える方へ、一生懸命に進んで行きます。その内に竹が疎らになると、何本も杉が並んでいる、――わたしは其処へ来るが早いか、いきなり相手を組み伏せました。男も太刀を佩いているだけに、力は相当に

あったようですが、不意を打たれてはたまりません。忽ち一本の杉の根がたへ、括りつけられてしまいました。縄ですか？　縄は盗人の有難さに、何時塀を越えるかわかりませんから、ちゃんと腰につけていたのです。勿論声を出させない為にも、竹の落葉を頬張らせれば、外に面倒はありません。

わたしは男を片附けてしまうと、今度は又女の所へ、男が急病を起したらしいから、見に来てくれと云いに行きました。これも図星に当ったのは、申し上げるまでもありますまい。女は市女笠を脱いだ儘、わたしに手をとられながら、藪の奥へはいって来ました。ところが其処へ来て見ると、男は杉の根に縛られている、——女はそれを一目見るなり、何時の間に懐から出していたか、きらりと小刀を引き抜きました。わたしはまだ今までに、あの位気性の烈しい女は、一人も見た事がありません。もしその時でも油断していたらば、一突きに脾腹を突かれたでしょう。いや、それは身を躱し た所が、無二無三に斬り立てられる内には、どんな怪我も仕兼ねなかったのです。が、わたしも多襄丸ですから、どうにかこうにか太刀も抜かずに、とうとう小刀を打ち落しました。いくら気の勝った女でも、得物がなければ仕方がありません。わたしはとうとう思い通り、男の命を奪らずに、女を手に入れる事は出来たのです。

男の命は取らずとも、——そうです。わたしはその上にも、男を殺すつもりはなか

ったのです。ところが泣き伏した女を後に、藪の外へ逃げようとすると、女は突然わたしの腕へ、気違いのように縋りつきました。しかも切れ切れに叫ぶのを聞けば、あなたが死ぬか夫が死ぬか、どちらか一人死んでくれ、二人の男に恥を見せるのは、死ぬよりもつらいと云うのです。いや、その内どちらにしろ、生き残った男につれ添いたい、——そうも喘ぎ喘ぎ云うのです。わたしはその時猛然と、男を殺したい気になりました。（陰鬱なる興奮）

こんな事を申し上げると、きっとわたしはあなたより、残酷な人間に見えるでしょう。しかしそれはあなた方が、あの女の顔を見ないからです。殊にその一瞬間の、燃えるような瞳を見ないからです。わたしは女と眼を合せた時、たとい神鳴に打ち殺されても、この女を妻にしたいと思いました。妻にしたい、——わたしの念頭にあったのは、唯こう云う一事だけです。これはあなた方の思うように、卑しい色慾ではありません。もしその時色慾の外に、何も望みがなかったとすれば、わたしは女を蹴倒しても、きっと逃げてしまったでしょう。男もそうすればわたしの太刀に、血を塗る事にはならなかったのです。が、薄暗い藪の中に、じっと女の顔を見た刹那、わたしは男を殺さない限り、此処は去るまいと覚悟しました。

しかし男を殺すにしても、卑怯な殺し方はしたくありません。わたしは男の縄を解

いた上、太刀打ちをしろと云いました。(杉の根がたに落ちていたのは、その時捨て忘れた縄なのです)男は血相を変えた儘、太い太刀を引き抜きました。と思うと口も利かずに、憤然とわたしへ飛びかかりました。——その太刀打ちがどうなったかは申し上げるまでもありますまい。わたしの太刀は二十三合目に、相手の胸を貫きました。二十三合目に、——どうかそれを忘れずに下さい。わたしは今でもこの事だけは、感心だと思っているのです。わたしと二十合斬り結んだものは、天下にあの男一人だけですから。(快活なる微笑)

わたしは男が倒れると同時に、血に染まった刀を下げたなり、女の方を振り返りました。すると、——どうです、あの女は何処にもいないではありませんか？わたしは女がどちらへ逃げたか、杉むらの間を探して見ました。が、竹の落葉の上には、それらしい跡も残っていません。又耳を澄ませて見ても、聞えるのは唯男の喉に、断末魔の音がするだけです。

事によるとあの女は、わたしが太刀打を始めるが早いか、人の助けでも呼ぶ為に、藪をくぐって逃げたのかも知れない。——わたしはそう考えると、今度はわたしの命ですから、太刀や弓矢を奪ったなり、すぐに又もとの山路へ出ました。其処にはまだ女の馬が、静かに草を食っています。その後の事は申し上げるだけ、無用の口数に過

ぎますまい。唯、都へはいる前に、太刀だけはもう手放していました。――わたしの白状はこれだけです。どうせ一度は樗の梢に、懸ける首と思っていますから、どうか極刑に遇わせて下さい。（昂然たる態度）

## 清水寺に来れる女の懺悔

――その紺の水干を着た男は、わたしを手ごめにしてしまうと、縛られた夫を眺めながら、嘲るように笑いました。夫はどんなに無念だったでしょう。が、いくら身悶えをしても、体中にかかった縄目は、一層ひしひしと食い入るだけです。わたしは思わず夫の側へ、転ぶように走り寄りました。いえ、走り寄ろうとしたのです。しかし男は咄嗟の間に、わたしを其処へ蹴倒しました。丁度その途端です。わたしは夫の眼の中に、何とも云いようのない輝きが、宿っているのを覚りました。何とも云いようのない、――わたしはあの眼を思い出すと、今でも身震いが出ずにはいられません。口さえ一言も利けない夫は、その刹那の眼の中に、一切の心を伝えたのです。しかし其処に閃いていたのは、怒りでもなければ悲しみでもない、――唯わたしを蔑んだ、冷たい光だったではありませんか？　わたしは男に蹴られたよりも、その眼の色に打

たれたように、我知らず何か叫んだぎり、とうとう気を失ってしまいました。その内にやっと気がついて見ると、あの紺の水干の男は、もう何処かへ行っていました。跡には唯杉の根がたに、夫が縛られているだけです。わたしは竹の落葉の上に、やっと体を起したなり、夫の顔を見守りました。が、夫の眼の色は、少しもさっきと変りません。やはり冷たい蔑みの底に、憎しみの色を見せているのです。恥しさ、悲しさ、腹立たしさ、——その時のわたしの心の中は、何と云えば好いかわかりません。わたしはよろよろ立ち上りながら、夫の側へ近寄りました。
「あなた。もうこうなった上は、あなたと御一しょには居られません。わたしは一思いに死ぬ覚悟です。しかし、——しかしあなたもお死になすって下さい。あなたはわたしの恥を御覧になりました。わたしはこの儘あなた一人、お残し申す訳には参りません」
　わたしは一生懸命に、これだけの事を云いました。それでも夫は忌わしそうに、わたしを見つめているばかりなのです。わたしは裂けそうな胸を抑えながら、夫の太刀を探しました。が、あの盗人に奪われたのでしょう、太刀は勿論弓矢さえも、藪の中には見当りません。しかし幸い小刀だけは、わたしの足もとに落ちているのです。わたしはその小刀を振り上げると、もう一度夫にこう云いました。

「ではお命を頂かせて下さい。わたしもすぐにお供します」
　夫はこの言葉を聞いた時、やっと唇を動かしました。勿論口には笹の落葉が、一ぱいにつまっていますから、声は少しも聞えません。が、わたしはそれを見ると、忽ちその言葉を覚りました。夫はわたしを蔑んだ儘、『殺せ』と一言云ったのです。わたしは殆ど、夢うつつの内に、夫の縹の水干の胸へ、ずぶりと小刀を刺し通しました。
　わたしは又この時も、気を失ってしまったのでしょう。やっとあたりを見まわした時には、夫はもう縛られた儘、とうに息が絶えていました。その蒼ざめた顔の上には、竹に交った杉むらの空から、西日が一すじ落ちているのです。わたしは泣き声を呑みながら、死骸の縄を解き捨てました。そうして、——そうしてわたしがどうなったか？それだけはもうわたしには、申し上げる力もありません。兎に角わたしはどうしても、死に切る力がなかったのです。小刀を喉に突き立てたり、山の裾の池へ身を投げたり、いろいろな事もして見ましたが、死に切れずにこうしている限り、これも自慢にはなりますまい。（寂しき微笑）わたしのように腑甲斐ないものは、大慈大悲の観世音菩薩も、お見放しなすったものかも知れません。しかし夫を殺したわたしは、盗人の手ごめに遇ったわたしは、一体どうすれば好いのでしょう？一体わたしは、——
　——わたしは、——（突然烈しき歔欷）

## 巫女の口を借りたる死霊の物語

——盗人は妻を手ごめにすると、其処へ腰を下した儘、いろいろ妻を慰め出した。おれは勿論口は利けない。体も杉の根に縛られている。が、おれはその間に、何度も妻へ目くばせをした。この男の云う事を真に受けるな、何を云っても嘘と思え、——おれはそんな意味を伝えたいと思った。しかし妻は悄然と笹の落葉に坐ったなり、じっと膝へ目をやっている。それがどうも盗人の言葉に、聞き入っているように見えるではないか？ おれは妬ましさに身悶えをした。が、盗人はそれからそれへと、巧妙に話を進めている。一度でも肌身を汚したとなれば、夫との仲もうまく折り合うまい。そんな夫に連れ添っているより、自分の妻になる気はないか？ 自分はいとしいと思えばこそ、大それた真似も働いたのだ、——盗人はとうとう大胆にも、そう云う話さえ持ち出した。

盗人にこう云われると、妻はうっとりと顔を擡げた。おれはまだあの時程、美しい妻は見た事がない。しかしその美しい妻は、現在縛られたおれを前に、何と盗人に返事をしたか？ おれは中有に迷っていても、妻の返事を思い出す毎に、瞋恚に燃えな

かったためしはない。妻は確かにこう云った、――「では何処へでもつれて行って下さい」（長き沈黙）

妻の罪はそれだけではない。それだけならばこの闇の中に、いま程おれも苦しみはしまい。しかし妻は夢のように、盗人に手をとられながら、藪の外へ行こうとすると、忽ち顔色を失ったなり、杉の根のおれを指さした。「あの人を殺して下さい。わたしはあの人が生きていては、あなたと一しょにはいられません」――妻は気が狂ったように、何度もこう叫び立てた。「あの人を殺して下さい」――この言葉は嵐のように、今でも遠い闇の底へ、まっ逆様におれを吹き落そうとする。一度でもこの位憎むべき言葉が、人間の口を出た事があろうか？　一度でもこの位呪わしい言葉が、人間の耳に触れた事があろうか？　一度でもこの位、――（突然迸る如き嘲笑）その言葉を聞いた時は、盗人さえ色を失ってしまった。「あの人を殺して下さい」――妻はそう叫びながら、盗人の腕に縋っている。盗人はじっと妻を見た儘、殺すとも殺さぬとも返事をしない。――と思うか思わない内に、妻は竹の落葉の上へ、唯一蹴りに蹴倒された。（再、迸る如き嘲笑）盗人は静かに両腕を組むと、おれの姿に眼をやった。「あの女をどうするつもりだ？　殺すか、それとも助けてやるか？　返事は唯頷けば好い。殺すか？」――おれはこの言葉だけでも、盗人の罪は赦してやりたい。（再、長き沈

妻はおれがためらう内に、何か一声叫ぶが早いか、忽ち藪の奥へ走り出した。盗人も咄嗟に飛びかかったが、これは袖さえ捉えなかったらしい。おれは唯幻のようにそう云う景色を眺めていた。

盗人は妻が逃げ去った後、太刀や弓矢を取り上げると、一箇所だけおれの縄を切った。「今度はおれの身の上だ」――おれは盗人が藪の外へ、姿を隠してしまう時にこう呟いたのを覚えている。その跡は何処も静かだった。いや、まだ誰かの泣く声がする。おれは縄を解きながら、じっと耳を澄ませて見た。が、その声も気がついて見れば、おれ自身の泣いている声だったではないか？（三度、長き沈黙）

おれはやっと杉の根から、疲れ果てた体を起した。おれの前には妻が落した、小刀が一つ光っている。おれはそれを手にとると、一突きにおれの胸へ刺した。何か腥い塊がおれの口へこみ上げて来る。が、苦しみは少しもない。唯胸が冷たくなると、一層あたりがしんとしてしまった。ああ、何と云う静かさだろう。この山陰の藪の空には、小鳥一羽囀りに来ない。唯杉や竹の杪に、寂しい日影が漂っている。日影が、――それも次第に薄れて来る。もう杉や竹も見えない。おれは其処に倒れた儘、深い静かさに包まれている。

その時誰か忍び足に、おれの側へ来たものがある。おれはそちらを見ようとした。が、おれのまわりには、何時か薄闇が立ちこめている。誰か、——その誰かは見えない手に、そっと胸の小刀を抜いた。同時におれの口の中には、もう一度血潮が溢れて来る。おれはそれぎり永久に、中有の闇へ沈んでしまった。………………

六の宮の姫君

一

　六の宮の姫君の父は、古い宮腹の生れだった。が、時勢にも遅れ勝ちな、昔気質の人だったから、官も兵部大輔より昇らなかった。姫君はそう云う父母と一しょに、六の宮の近くにある、木高い屋形に住まっていた。六の宮の姫君と云うのは、その土地の名前に拠ったのだった。
　父母は姫君を寵愛した。しかしやはり昔風に、進んでは誰にもめあわせなかった。誰か云い寄る人があればと、心待ちに待つばかりだった。姫君も父母の教え通り、つつましい朝夕を送っていた。それは悲しみも知らないと同時に、喜びも知らない生涯だった。が、世間見ずの姫君は、格別不満も感じなかった。「父母さえ達者でいてくれれば好い」――姫君はそう思っていた。
　古い池に枝垂れた桜は、年毎に乏しい花を開いた。その内に姫君も何時の間にか、大人寂びた美しさを具え出した。が、頼みに思った父は、年頃酒を過ごした為に、突

然故人になってしまった。のみならず母も半年ほどの内に、返らない歎きを重ねた揚句、とうとう父の跡を追って行った。姫君は悲しいと云うよりも、途方に暮れずにはいられなかった。実際ふところ子の姫君にはたった一人の乳母の外に、たよるものは何もないのだった。

乳母はけなげにも姫君の為に、骨身を惜まず働き続けた。が、家に持ち伝えた螺鈿の手筥や白がねの香炉は、何時か一つずつ失われて行った。と同時に召使いの男女も、誰からか暇をとり始めた。姫君にも暮らしの辛い事は、だんだんはっきりわかるようになった。しかしそれをどうする事も、姫君の力には及ばなかった。姫君は寂しい屋形の対に、やはり昔と少しも変らず、琴を引いたり歌を詠んだり、単調な遊びを繰返していた。

すると或秋の夕ぐれ、乳母は姫君の前へ出ると、考え考えこんな事を云った。
「甥の法師の頼みますには、丹波の前司なにがしの殿が、あなた様に会わせて頂きたいとか申しているそうでございます。前司はかたちも美しい上、心ばえも善いそうでございますし、前司の父も受領とは申せ、近い上達部の子でもございますから、お会いになっては如何でございましょう？　かように心細い暮しをなさいますよりも、少しは益しかと存じますが‥‥‥」

姫君は忍び音に泣き始めた。その男に肌身を任せるのは、不如意な暮しを扶ける為に、体を売るのも同様だった。勿論それも世の中には、多いと云う事は承知していた。が、現在そうなって見ると、悲しさは又格別だった。姫君は乳母と向き合った儘、葛の葉を吹き返す風の中に、*何時までも袖を顔にしていた。………

二

しかし姫君は何時の間にか、夜毎に男と会うようになった。男は乳母の言葉通りやさしい心の持ち主だった。顔かたちもさすがにみやびていた。その上姫君の美しさに、何もかも忘れている事は、殆ど誰の目にも明らかだった。姫君も勿論この男に、悪い心は持たなかった。時には頼もしいと思う事もあった。が、蝶鳥の几帳を立てた陰に、燈台の光を眩しがりながら、男と二人むつびあう時にも、嬉しいとは一夜も思わなかった。

その内に屋形は少しずつ、花やかな空気を加え始めた。黒棚*や簾も新たになり、召使いの数も殖えたのだった。乳母は勿論以前よりも、活き活きと暮しを取り賄った。

しかし姫君はそう云う変化も、寂しそうに見ているばかりだった。

或時雨の渡った夜、男は姫君と酒を酌みながら、丹波の国にあったと云う、気味の悪い話をした。出雲路へ下る旅人が大江山の麓に宿を借りた。宿の妻は丁度その夜、無事に女の子を産み落した。すると旅人は産家の中から、何とも知れぬ大男が、急ぎ足に外へ出て来るのを見た。大男は唯「年は八歳、命は自害」と云い捨てたなり、忽ち何処かへ消えてしまった。旅人はそれから九年目に、今度は京へ上る途中、同じ家に宿って見た。ところが実際女の子は、八つの年に変死していた。しかも木から落ちた拍子に、鎌を喉へ突き立てていた。——話は大体こう云うのだった。姫君はそれを聞いた時に、宿命のせんなさに脅かされた。その女の子に比べれば、この男を頼みにしているのは、まだしも仕合せに違いなかった。

「なりゆきに任せる外はない」——姫君はそう思いながら、顔だけはあでやかにほほ笑んでいた。

屋形の軒に当った松は、何度も雪に枝を折られた。姫君は昼は昔のように、琴を引いたり双六を打ったりした。夜は男と一つ褥に、水鳥の池に下りる音を聞いた。が、姫君は相不変、この懶いたりし悲しみも少ないと同時に、喜びも少ない朝夕だった。が、姫君は相不変、この懶い安らかさの中に、はかない満足を見出していた。

しかしその安らかさも、思いの外急に尽きる時が来た。やっと春の返った或夜、男

は姫君と二人になると、「そなたと会うのも今宵ぎりじゃ」と、云い悪くそうに口を切った。男の父は今度の除目に、陸奥の守に任ぜられた。男もその為に雪の深い奥へ、一しょに下らねばならなかった。勿論姫君と別れるのは、何よりも男には悲しかった。が、姫君を妻にしたのは、父にも隠していたのだから、今更打ち明ける事は出来悪かった。男はため息をつきながら、長長とそう云う事情を話した。
「しかし五年たてば任終じゃ。その時を楽しみに待ってたもれ」
姫君はもう泣き伏していた。たとい恋しいとは思わぬまでも、頼みにした男と別るのは、言葉には尽せない悲しさだった。男は姫君の背を撫でては、いろいろ慰めたり励ましたりした。が、これも二言目には、涙に声を曇らせるのだった。
其処へ何も知らない乳母は、年の若い女房たちと、銚子や高坏を運んで来た。古い池に枝垂れた桜も、莟を持った事を話しながら。……

　　　三

六年目の春は返って来た。が、奥へ下った男は、遂に都へは帰らなかった。その間に召使いは一人も残らず、ちりぢりに何処かへ立ち退いてしまうし、姫君の住んでい

た東の対も或る年の大風に倒れてしまった。姫君はそれ以来乳母と一しょに侍の廊を住居にしていた。其処は住居とは云うものの、手狭でもあれば住み荒してもあり、僅に雨露の凌げるだけだった。乳母はこの廊へ移った当座、いたわしい姫君の姿を見ると、涙を落さずにはいられなかった。が、又或時は理由もないのに、腹ばかり立てている事があった。

　暮しのつらいのは勿論だった。棚の厨子はとうの昔、米や青菜に変っていた。今では姫君の桂や袴も身についている外は残らなかった。乳母は焚き物に事を欠けば、立ち腐れになった寝殿へ、板を剥ぎに出かける位だった。しかし姫君は昔の通り、琴や歌に気を晴らしながら、じっと男を待ち続けていた。

　するとその年の秋の月夜、乳母は姫君の前へ出ると、考え考えこんな事を云った。「殿はもう御帰りにはなりますまい。あなた様も殿の事は、お忘れになっては如何でございましょう。就てはこの頃或典薬之助が、あなた様にお会わせ申せと、責め立てているのでございますが、……」

　姫君はその話を聞きながら、六年以前の事を思い出した。六年以前には、いくら泣いても、泣き足りない程悲しかった。が、今は体も心も余りにそれには疲れていた。

「唯静かに老い朽ちたい」……その外は何も考えなかった。姫君は話を聞き終ると、

白い月を眺めたなり、懶げにやつれた顔を振った。
「わたしはもう何も入らぬ。生きようとも死のうとも一つ事じゃ。……」

　　＊　　　＊　　　＊　　　＊　　　＊

　丁度これと同じ時刻、男は遠い常陸の国の屋形に、新しい妻と酒を酌んでいた。妻は父の目がねにかなった、この国の守の娘だった。
「あの音は何じゃ？」
　男はふと驚いたように、静かな月明りの軒を見上げた。その時なぜか男の胸には、はっきり姫君の姿が浮んでいた。
「栗の実が落ちたのでございましょう」
　常陸の妻はそう答えながら、ふつつかに銚子の酒をさした。

　　　　四

　男が京へ帰ったのは、丁度九年目の晩秋だった。男と常陸の妻の族と、——彼等は京へはいる途中、日がらの悪いのを避ける為に、三四日粟津に滞在した。それから京

へはいる時も、昼の人目に立たないように、わざと日の暮を選ぶ事にした。男は鄙にいる間も、二三度京の妻のもとへ、懇ろな消息をことづけてやった。が、使が帰らなかったり、幸い帰って来たと思えば、姫君の屋形がわからなかったり、一度も返事は手に入らなかったり。それだけに京へはいったとなると、恋しさも亦一層だった。男は妻の父の屋形へ無事に妻を送りこむが早いか、旅仕度も解かずに六の宮へ行った。

六の宮へ行って見ると、昔あった四足の門*も、檜皮葺きの寝殿や対も、悉く今はなくなっていた。その中に唯残っているのは、崩れ残りの築土だけだった。男は草の中に佇んだ儘、茫然と庭の跡を眺めまわした。其処には半ば埋もれた池に、水葱が少し作ってあった。水葱はかすかな新月の光に、ひっそりと葉を簇らせていた。

男は政所*と覚しいあたりに、傾いた板屋のあるのを見つけた。板屋の中には近寄って見ると、誰か人影もあるらしかった。男は闇を透かしながら、そっとその人影に声をかけた。すると月明りによろぼい出たのは、何処か見覚えのある老尼だった。

尼は男に名のられると、何も云わずに泣き続けた。その後やっと途切れ途切れに、姫君の身の上を話し出した。

「御見忘れでもございましょうが、手前は御内に仕えておった、はした女の母でございます。殿がお下りになってからも、娘はまだ五年ばかり、御奉公致しておりました。

が、その内に夫と共に、但馬へ下る事になりましたから、手前もその節娘と一しょに、御暇を頂いたのでございます。ところがこの頃姫君の事が、何かと心にかかりますので、手前一人京へ上って見ますと、御覧の通り御屋形も何もなくなっているではございませんか？　姫君も何処へいらっしった事やら、——実は手前もさき頃から、途方に暮れているのでございます。殿は御存知もございますまいが、娘が御奉公申しておった間も、姫君のお暮しのおいたわしさは、申しようもない位でございました。……」

　男は一部始終を聞いた後、この腰の曲った尼に、下の衣を一枚脱いで渡した。それから頭を垂れた儘、黙然と草の中を歩み去った。

　　　　五

　男は翌日から姫君を探しに、洛中を方方歩きまわった。が、何処へどうしたのか、容易に行き方はわからなかった。

　すると何日か後の夕ぐれ、男はむら雨を避ける為に、朱雀門の前にある、西の曲殿の軒下に立った。其処にはまだ男の外にも、物乞いらしい法師が一人、やはり雨止

みを待ちわびていた。雨は丹塗りの門の空に、寂しい音を立て続けた。男は法師を尻目にしながら、苛立たしい思いを紛らせたさに、あちこち石畳みを歩いていた。その内にふと男の耳は、薄暗い窓の櫺子の中に、人のいるらしいけはいを捉えた。男は始ど何の気なしに、ちらりと窓を覗いて見た。

窓の中には尼が一人、破れた筵をまといながら、病人らしい女を介抱していた。女は夕ぐれの薄明りにも、無気味な程瘦せ枯れているらしかった。男は姫君に違いない事は、一目見たゞけでも十分だった。男は声をかけようとした。が、浅ましい姫君の姿を見ると、なぜかその声が出せなかった。姫君は男のいるのも知らず、破れ筵の上に寝返りを打つと、苦しそうにこんな歌を詠んだ。

「たまくらのすきまの風もさむかりき、身はならはしのものにざりける」*

男はこの声を聞いた時、思わず姫君の名前を呼んだ。姫君はさすがに枕を起した。が、男を見るが早いか、何かかすかに叫んだきり、又筵の上に俯伏してしまった。尼は、――あの忠実な乳母は、其処へ飛びこんだ男と一しょに、慌てゝ姫君を抱き起した。しかし抱き起した顔を見ると、乳母は勿論男さえも、一層慌てずにはいられなかった。

乳母はまるで気の狂ったように、乞食法師のもとへ走り寄った。そうして、臨終の

姫君の為に、何なりとも経を読んでくれと云った。法師は乳母の望み通り、姫君の枕もとへ座を占めた。が、経文を読誦する代りに、姫君へこう言葉をかけた。

「往生は人手に出来るものではござらぬ。唯御自身怠らずに、阿弥陀仏の御名をお唱えなされ」

姫君は男に抱かれた儘、細ぽそと仏名を唱え出した。と思うと恐しそうに、じっと門の天井を見つめた。

「あれ、あそこに火の燃える車が、……」

「そのような物にお恐れなさるな。御仏さえ念ずればよろしゅうござる」

法師はやや声を励ました。すると姫君は少時の後、又夢うつつのように呟き出した。

「金色の蓮華が見えまする。天蓋のように大きい蓮華が、……」

法師は何か云おうとした。が、今度はそれよりもさきに、姫君が切れ切れに口を開いた。

「蓮華はもう見えませぬ。跡には唯暗い中に、風ばかり吹いております」

「一心に仏名を御唱えなされ。なぜ一心に御唱えなさらぬ？」

法師は殆ど叱るように云った。が、姫君は絶え入りそうに、同じ事を繰り返すばかりだった。

「何も、——何も見えませぬ。暗い中に風ばかり、——冷たい風ばかり吹いて参ります」

男や乳母は涙を呑みながら、口の内に弥陀を念じ続けた。法師も勿論合掌した儘、姫君の念仏を扶けていた。そう云う声の雨に交る中に、破れ筵を敷いた姫君は、だんだん死に顔に変って行った。………

　　　　六

それから何日か後の月夜、姫君に念仏を勧めた法師は、やはり朱雀門の前の曲殿に、破れ衣の膝を抱えていた。すると其処へ侍が一人、悠悠と何か歌いながら、月明りの大路を歩いて来た。侍は法師の姿を見ると、草履の足を止めたなり、さりげないように声をかけた。

「この頃この朱雀門のほとりに、女の泣き声がするそうではないか?」

法師は石畳みに蹲まった儘、たった一言返事をした。

「お聞きなされ」

侍はちょいと耳を澄ませた。が、かすかな虫の音の外は、何一つ聞えるものもなか

った。あたりには唯松の匂いが、夜気に漂っているだけだった。侍は口を動かそうとした。しかしまだ何も云わない内に、突然何処からか女の声が、細そぼそと歎きを送って来た。

「御仏を念じておやりなされ。——」

侍は太刀に手をかけた。が、声は曲殿の空に、一しきり長い尾を引いた後、だんだん又何処かへ消えて行った。

法師は月光に顔を擡げた。

「あれは極楽も地獄も知らぬ、腑甲斐ない女の魂でござる。御仏を念じておやりなされ」

しかし侍は返事もせずに、法師の顔を覗きこんだ。と思うと驚いたように、その前へいきなり両手をついた。

「内記の上人ではございませんか？ どうして又このような所に——」

在俗の名は慶滋の保胤*、世に内記の上人と云うのは、空也上人*の弟子の中にも、やん事ない高徳の沙門だった。

# 注解

**偸盗**(ちゅうとう)

ページ

八
* *猪熊*(いのくま) 京都市西大宮と堀川との間にあった地名。
* *水干*(すいかん) 狩衣(かりぎぬ)(平安時代の日常着)の簡素化されたもの。水張り(のりを使わず、水にひたして板にはってかわかすこと)にした干した布でつくったのでこういう。
* *揉烏帽子*(もみえぼし) 薄く漆を塗り、柔らかく揉んでつくった烏帽子。

九
* *平骨*(ひらぼね) 親骨を扇の地紙の折り幅と同じ幅にとりつけたもの。
* *牛車*(ぎっしゃ) 牛にひかせる屋形車。平安時代、貴族が乗用した。
* *檜皮色*(ひわだいろ) 染色の名。黒ずんだ赤紫。
* *帷子*(かたびら) 裏をつけない一重の衣服。
* *蛙股の杖*(かえるまたのつえ) 蛙の股を広げたような形の杖。

一〇
* *羅生門*(らしょうもん) 平安京(京都)の中央大通り朱雀大路(すざくおおじ)の南端にあった門。古代には羅城門と書き、「生」の字は後世の俗用。現在、東寺の西にその跡がある。

一二 *亥の上刻　午後十時半頃。
　　*黄紙　黄色の紙。また、染めて黄色にした紙。
　　*販婦　行商の女。『今昔物語』巻三十一「人見酔酒販婦所語第三十二」に出てくる。
　　*藤判官　藤原氏で検非違使庁（京中の治安維持・検察・裁判などを行った役所）の役人をしている者。
　　*倏然　急速なさま。
一三 *青侍　若く身分の低い侍。
一四 *昔とった杵柄　過去に習い覚えたことは、長い年月を経てもすぐにその技術を発揮できるというたとえ。
　　*朱雀門　平安京の大内裏（宮城）南面の正門。朱雀大路への出口。
　　*臨月　出産する予定の月。
　　*未　午後二時。
一六 *台盤所　宮中の台所。台盤（食物を盛った器を載せる台）を置く所の意で、清涼殿の一室にあった。
　　*汗衫　汗取りの下着。
一七 *高坏　食物を盛る脚つきの台。
　　*心葉　金または糸で梅や松の枝を作り、食膳の四隅に飾りとして立てたもの。
二〇 *立本寺　元亨元年（一三二一）竜華樹院日像が開いた日蓮宗の寺。初めは四条大宮櫛笥

## 注解

二一 * 未の下刻　午後三時半頃。
　　* 娓々　とぎれず、とめどなく続くさま。
　　* 楚木のむち。

二二 * 朱雀の大路　平安京の中央を南北に通ずる大通り。大内裏の南面中央の朱雀門から都城南端の羅城門に至り、この大路の東を左京、西を右京とした。
　　* 平文　金銀、貝などを刻んで模様に切り、漆面に貼って漆で塗り埋め、その部分を研ぎ出したもの。ひょうもん。

二三 * 綾藺笠　藺を編んで裏に絹をはった笠。武士の外出用。

二四 * 檜皮葺　ひのきの皮でふいた屋根。六位以上の身分の者のみに許された。
　　* 板蔀　格子をつけず板ばかりでつくった蔀（風や外光をふせぐための戸）。家の中が見え透かないようにする。
　　* 蒲簾　がまの茎を編んで作ったすだれ。

二五 * 四条坊門　四条に近い東西の小通り。
　　* 赤糸毛の女車　赤い糸で車箱を飾った婦人用の牛車。
　　* すずし　灰汁などで練っていない絹糸の織物。軽くて薄い。

町にあり、竜華院と称したが、足利義満の命により押小路堀川付近へ転じ、江戸時代前期ごろに再び現在地（京都市上京区七本松通仁和寺街道上ル一番町一〇七）へ移っ

二六 *雑色（ぞうしき） 雑役に使われる身分の低い者。
*放免（ほうめん） 検非違使の庁に使われる下僕。軽い罪の者の刑を免じて使った。
*三宝（さんぽう） 仏教でいう三つの宝。仏・法（仏の教えを説いた教典）・僧のこと。
*七半（しちはん） 賭博の一種。詳細は不明だが、江戸時代の随筆『嬉遊笑覧』（喜多村信節）には「樗蒲一（ちょぼいち）（中国から渡来。一個の賽（さいころ）で勝負し、賭けた目が出れば賭金の四倍・四倍半・五倍を得る）の類と書かれている。

二七 *半部（はじょうみ） 上半分を部にして外側へ揚げるようにし、下半分を格子にしたもの。
*雀色時（すずめいろどき） 夕ぐれ。
*鼠鳴き（ねずみなき） ねずみの鳴くような声を出すこと。特に遊女が客寄せのために出す声。
*折敷（おしき）へぎ（杉または檜（ひのき）の材を薄く剝（は）いだ板）製の角盆。食器を載せる。
*傀儡（くぐつ） 傀儡（操り人形）を回して放浪する遊芸人。女は売春もしたので遊女のこともいう。

三〇 *前司（ぜんじ） 前任の国司。国司は令制で、朝廷の命を受け諸国に赴任した地方官。
*小舎人（こどねり） 雑役に使われる下級の役人。
*擾（みだ）がして 動揺させて。乱れさせて。

三一 *土饅頭（どまんじゅう） 墓石を立てず、土を円くまんじゅう形に盛りあげた墓。
*石塔婆（せきとうば） 墓の後ろに立てる塔形をした石の柱。

三二 *痘瘡（とうそう） 天然痘。ほうそう。

注 解

三五 ＊金剛力士 金剛手ともいう。仏法を護る菩薩。手に金剛杵または金剛杖を持って勇猛な様相をしている。寺門の左右に置かれる。

三六 ＊文挟 貴人へ文書をはさんで奉呈する道具。

三九 ＊樺桜の直垂 「直垂」は武士の日常着。「樺桜」は表は蘇芳、裏は赤花のかさね。
＊揉打の烏帽子 揉烏帽子の一種。黒の紗や綾地に薄く漆を塗って造った。
＊打出しの太刀 打出し彫(薄い金属を裏からたたいて、表に模様を浮きだたせる技法)で飾られた太刀。

四一 ＊市女笠 漆を塗った凸字型の菅笠。婦人の外出用。もと市女(市で物を売る女)が用いたのでこういう。

四二 ＊被衣 公家、武家の婦女子が外出の際、顔を隠すために、頭から背にかけてかむった単の衣装。
＊三才駒 生後三年で、まだ骨格の固まらない伸び盛りの若い馬。
＊内心女夜叉 女夜叉は、非道な悪心を持つ女。ここでは「外面女菩薩(如菩薩ともいう)内面女夜叉(如夜叉)」(美しく柔和な容貌をしていながら、心根が険悪なこと)の略。

四七 ＊遣戸 左右に開閉する板の戸。
＊網代屏風 杉や檜の薄板を網代(斜め)に編んで張った屏風。

四九 ＊葛巻きの太刀 刀のさやを葛のつるで巻き、その上に漆を塗ったもの。

五四 *左兵衛府　宮中の警護、行幸のお供、京内の巡視などを司った役所。
五五 *綾　斜めに線が交差した綾模様の絹地。
五八 *打物　打ちきたえて作った武器。刀、槍のこと。
六〇 *皮子　皮を張った箱。
*孔雀明王　密教で尊ぶ明王。孔雀に乗り、四本の手に孔雀の羽を持っている。衆生を救う徳を孔雀によってあらわした仏の化身。
*常燈明　仏前、神前に常にともしておくあかり。
*芥火　ごみや屑を燃やしたたき火。
*弦打ち　合図として弓の弦を鳴らすこと。
六一 *戟　両刃の剣に長い柄をつけた武器。
*胡簶　矢を入れて背に負う武具。
*蘇芳染　蘇芳（マメ科の小低木）で染めた赤紫色。
六二 *七丈五級　はば七十尺の五つの段。級は段に同じ。
六四 *車宿　貴族の邸で、牛車や輿を入れておく建物。総門の内、中門の外にある。
*篦深く　矢が奥深く突きささること。
*鏑　矢の先につけた蕪形の木片または鹿の角。中空で数個の孔がある。射かけると、その孔に風が入ってヒュッと鳴り、獲物を威嚇した。
六六 *たかうすべの矢　鷹の羽のような薄黒い文様のある羽をつけた矢。

## 注解

七二 *狺々（ぎんぎん）　犬の争いほえること。

七四 *戛々（かつかつ）　堅い物の触れる音。

七五 *越の国　北陸地方の古称。現在の福井・石川・富山・新潟の諸県。蜃気楼は富山湾に現われる。

　　 *九輪（くりん）　寺の塔の露盤（四角な台）上にある高い柱の装飾。九つの輪からなる。

七九 *簇々（そうそう）　むらがり集まるさま。

八四 *梲（たるき）　屋根板を支えるために、棟から軒に渡す角材。

八六 *射しらまされた　矢を射かけられて勢いをくじかれた。

九〇 *覊綱（はづな）　馬の口に付けた綱。

　　 *直下即座（じきげそくざ）　去来。

九三 *桂衣（からぎぬ）　平安時代、婦人が唐衣の下に着た衣服。保温、装飾のため数枚重ねて着る。

九九 *徂来（そらい）　行き来すること。

　　 *十万億土　極楽浄土のこと。

　　 *頓生菩提（とんしょうぼだい）　すみやかに悟りの境地に達すること。

一〇二 *生死事大（しょうじじだい）　人の世の無常ではかないこと。

　　 *無常迅速（むじょうじんそく）　人の死の思いがけず速くくること。

　　 *随身（ずいじん）　貴人の外出の際、護衛として付き従った者。

## 地獄変

一〇四
* **大威徳明王** 五大明王の一。三面六臂で、剣・鉾・輪・杵を持ち、印相を結び、大白牛に乗っている。西方を守護し、一切の毒蛇・悪竜を退治する。
* **始皇帝** (259—210B.C.) 秦の第一代皇帝。分裂した天下を統一。万里の長城を増築し、書を焼き儒者を生き埋めにし（焚書坑儒）、大宮殿を築いて威を示した。
* **煬帝** (569—618) 隋の第二代皇帝。父を殺して即位。大運河・長城などの大土木工事をおこし、豪奢をきわめた。
* **群盲の象を撫でる**（大勢の盲人が象を撫で、おのおの自分の手にさわった一部分だけで象を批評しあい、象の全体をとらえることができないように）凡人が大人物や大事業を批評しても、その一部分にとどまって大局からの見方はできないというたとえ。
* **大腹中** 度量の大きいこと。ふとっぱら。

一〇五
* **二条大宮** 平安京の地名。朱雀門東方の寂しい場所で、霊鬼出没の噂が多かった。
* **百鬼夜行** 種々の妖怪が列をなして夜歩くこと。大殿が「百鬼夜行」に遭っても障りがなかったというこの部分は、『大鏡』右大臣師輔の条による。
* **河原院** 京都市六条河原にあった源融の邸宅。陸前（宮城県）塩釜の景観を模し、毎日海水を運んで塩焼きを楽しんだという。融没後、宇多上皇に献じ、のち寺とした。
* **融の左大臣** 源融。(822—95) 平安前期の朝臣。河原の左大臣と称した。その霊のでる

225　　　注　解

話は、『今昔物語』巻二十七、第二話及び『宇治拾遺物語』巻十二、第十五話にある。

* 権者　神仏が衆生を救うために、権（仮）に人の姿となって現れたもの。
* 内裏　宮中。皇居。
* 大饗　平安時代、天皇や皇后および皇太子の催した宴会。
* 橋柱　架橋工事が難航した時、神意に背くためと恐れ、その礎の下に犠牲として埋めた人柱。
* 華陀の術　医術。中国後漢時代の名医「華陀」の名に由来する。
* 丁子染　丁子（フトモモ科の常緑高木）を濃く煮出してその汁で染めたもので、黄色がかった薄紅色。

一〇六

一〇七

* 狩衣　平安時代の上層階級の略式日常着。えりが丸く、そでにくくりがある。もとは民間服だったが、活動的なので鷹狩などに用いるようになり、やがて平服ともなった。
* 曹司　宮中の官吏や女官（および貴族の家でそれに準ずる使用人）の個室。

一〇八

* 紫匂　襲の色目（平安時代の女性の衣服の色合い）の名で、表を紫、裏を薄紫に配色したもの。

一一〇

* 袙　貴婦人、童女が表の衣と肌の衣との間に着る衣。
* 物見車　祭礼などを見物に行く人の乗る牛車。

一一一

* 横川　比叡山延暦寺の三塔の一つ。延暦寺の北方の横川谷の峰にある横川中堂、講堂などの総称。

一一二
* 慳貪(けんどん) ここでは無慈悲で、人情のないこと。
* 檜垣(ひがき)の巫女(みこ) 「檜垣」は、檜の薄板を斜めに編んで作った垣根(かきね)。「檜垣の巫女」は未詳。平安中期の遊女で『檜垣(ひがきの)嫗(おうな)集(しゅう)』という家集を持つ伝説的女流歌人を念頭に置いた作者の創作か。
* 御霊(ごりょう) たたりをあらわす霊魂。
* 吉祥天(きっしょうてん) 人々に福徳を与える美しい女神。その像は天衣・宝冠を着け、左手に如意珠を捧げ持つ。
* 不動明王 五大明王の一つ。大日如来(真言密教の本尊)が一切の悪魔を折伏するために、怒りの相で現われたもの。唇(くちびる)をかみ、右に剣、左に縛の索(つな)を持ち、火焰(かえん)を背負って石の上に坐る。
* 慢業重畳(まんごうちょうじょう) 言うことなすことすべてがおごりたかぶっていること。

一一三
* 川成(かわなり) 百済川成(くだらのかわなり)(河成)。(七八二―八五三) 平安時代初期の画家。帰化人の画家として最も早く史上に名を残す人で、画家の祖とされる。
* 金岡(かなおか) 巨勢金岡(こせの)。生没年未詳。平安時代初期の画家。巨勢派の祖。唐絵を日本化し、当時画壇の第一人者として活躍。
* 竜蓋寺(りゅうがいじ) 奈良県高市郡にある真言宗の寺。
* 五趣生死(ごしゅしょうじ) 衆生が自己の業に導かれて、天上・人間・畜生・餓鬼(がき)・地獄という善悪の世界を輪廻転生すること。

注解

一一四 *智羅永寿 『今昔物語』巻二十「震旦天狗智羅永寿渡二此朝一語第二」による。天狗とは、高慢な人のたとえにもいう。

一一五 *勧進 社寺の建築・修理などのために金品を募ること。
*辻冠者 巷をうろつく無頼の若者。
*稚児文珠 幼子の姿をした文殊。画題。文殊は釈迦の左に侍して知恵をつかさどる菩薩。

一一六 *十王 地獄にいるという十人の王。秦広王・初江王・宋帝王・伍官王・閻魔王・変成王・泰山王・平等王・都市王・五道転輪王。死者はこの十人の王庁で二年間裁判を受け、来世の生れ変りが決まるという。

一一八 *剣山刀樹 八熱地獄（焰熱によって苦を受ける八種の地獄）にあるという剣の山や刀の樹。

一一九 *冥官 地獄（冥府）の裁判官。
*月卿雲客 「月卿」は公卿、「雲客」は殿上人。宮中を天、天皇を日、公卿を月、殿上人を雲にたとえていう。
*侍学生 大学寮に籍を置いて貴族の家に仕えている侍。
*五つ衣 袿を五枚重ねて着た上流婦人の正装。
*陰陽師 陰陽寮に属し、占い、天文、暦数などを司った職。
*牛頭馬頭 頭が牛や馬で、からだは人の形をしている地獄の獄卒。
*鋼叉 罪人を捕えるのに用いた武器。木の柄の先にU字形鉄製の棒をつけたもの。

地獄変・偸盗　　　228

* 神巫　神に仕え、神楽を奏し、神意を伺い、神おろしなどをする人。かんなぎは神の心をなごませる意。
* 生受領　年功、実力のない国司。
* 女御、更衣　ともに天皇の寝所に侍する女官。女御は中宮の次に位し、主に摂関家の娘がなった。更衣は女御の次位。
* 福徳の大神　幸福と利益をつかさどる神。七福神や稲荷大明神をいうが、ここでは特定の神をささない。
一二一 * 蔀　日光や風雨をさえぎる寝殿造りの建具。格子の裏に板を張った上下二枚からなる戸で、上一枚は釣りあげて開くようにしたもの。
一二三 * 焼筆　下絵をかくのに用いる木炭。
一三一 * 猿酒　猿が木のうろや岩のくぼみに貯えておいた木の実が自然に発酵したもの。
一三五 * 更が闌けて　夜がふけて。「更」は、（夜警が更代する意から）一夜を五等分した時間の単位。初更（午後八時頃）、二更（午後十時頃）、三更（午前零時頃）、四更（午前二時頃）、五更（午前四時頃）とする。注一〇六頁参照。
一三九 * 香染め　丁子染めの別称。
一四〇 * よじり不動　背後の火焰をよじったように写実的に描いた不動像。良秀の傑作。この部分は、良秀が、わが家を焼く火焰を見て「よじり不動」を完成した、という『宇治拾遺物語』巻三、第六話による。なお、この小説の趣向そのものが六話を素材としてい

注　解

一四一
* 三面六臂　三つの顔と六つの臂のあること。注一〇四頁の大威徳明王がこの体型。
* 檳榔毛の車　牛車の一種。檳榔(ヤシ科の亜熱帯性常緑高木)の葉を細かく裂いて白くさらし、その葉で車箱をおおったもの。上流階級が用いた。
* 上﨟　身分の高い女官。貴婦人。
* 鷲鳥　肉食する猛鳥の総称。猛禽。

一四五
* 大殿油　宮中、貴族の寝殿でともす灯火。
* 直衣　天皇、公卿の日常着。位階により色の規定がなく、勅許を得るとその姿のまま参内もできた。
* 指貫　袴の一種。直衣、狩衣などの時に用いる。
* 円座　わら、すげなどで丸く編んだ敷物。

一四二
* 鴟尾　太刀の端を上にそらせて二本の棒につけること。
* 轅　牛車の前に長く出した二本の棒。これに牛をつないで車を引かせる。
* 榻　車をとめておく時に轅を載せる台。乗降の際には踏み台とする。
* 浮線綾　模様を浮き織りにした綾織物。
* 仕丁　雑役夫。

一四八
* 軛　ここでは車の床。
* すべらかし　婦人が髪を長くうしろにたれおろしたもの。

一四九 *釵子 朝廷で、婦人が正装する時、髪に飾ったかんざし。銀製で二本を一組とする。

一五〇
* 流蘇 糸をたばねて、その先端を散らし垂らしたもの。
* 袖格子 牛車の袖（入口の左右の部分）の裏の格子にしたところ。
* 十逆五悪 仏教でいう極悪の罪業。あらゆる罪を犯すこと。十逆は、殺生・偸盗・邪淫・妄語・両舌・悪口・綺語・貪欲・瞋恚・邪見の十罪を、五悪は、殺生・偸盗・

一五一
* 邪淫・妄語・飲酒の五罪を犯すこと。十悪五逆ともいう。
* 壁代 宮殿内で、壁の代わりに簾にそえてたらした帳。

一五二
* 金梨子地 蒔絵の一種。金粉を蒔いて、梨の皮の斑点のように彩った上に漆を塗ったもの。

一五三
* 獅子王 獅子（ライオン）の美称。

一五四
* 開眼 新たにできた仏像を供養し、真の仏像とすること。
* 人面獣心 顔は人間だが心は獣に等しいの意で、冷酷な者をののしっていう語。
* 五常 儒教で、人の常に守るべき仁・義・礼・智・信の五つの道徳。

竜
りゅう

一五八 *宇治の大納言隆国 源 隆国。(1004—77) 平安時代中期の官吏・文学者。権大納言。『今昔物語』の編集者ともいわれる。「一」は『宇治拾遺物語』序によっている。

注　解

* 童部（わらんべ）　貴人の家で召し使われている子供。
* 大肌ぬぎ（おおはだぬぎ）　両肩を脱いで肌をあらわすこと。
* あだ面倒（めんどう）　いやに面倒。
* 内裡（だいり）　内裏。大内裏（皇居とそれ以外の諸官庁所在の地の総称）の中の皇居。御所。
* 重畳（ちょうじょう）　とても好都合なこと。
* 鮨売（すしうり）　「鮨」は、魚を酢や塩につけ込んだもので米はついていない。近江の鮒鮨、奥州の鮭鮨などを市女が行商した。

一五九
* わ法師（ほうし）　法師に対する対称代名詞。吾法師。「わ」は接頭語で、僧を親しんでいう。
* 金鼓（こんく）　仏家の楽器。丸く平たい銅製で、胸に掛けたり、台座にのせてばちで打ち鳴らす。
* 簣（とう）　籐や細く割った竹で編んだ夏用の敷物。
* 蔵人得業（くろうどとくごう）　「蔵人」は出家前の官位で、天皇に近侍し宮中の雑事いっさいを扱った役。「得業」は、奈良三会（維摩会・法華会・最勝会）で問者の出した論題に、理論的に答えることをなし遂げた者に与えられる僧の学階。

一六〇
* 興福寺（こうふくじ）　奈良市登大路町にある法相宗の大本山。南都七大寺の一つ。平城京（奈良）遷都の際奈良に移され、藤原氏の氏寺として盛大を極めた。
* 猿沢の池（さるさわのいけ）　奈良公園の入口にある東西約九十、南北七十、周囲約三百四十メートルの小池。インドの仏跡彌猴池（みこういけ）を模し、興福寺南門前の放生池（ほうじょうち）（捕えた魚をはなす池）として設置された。

地獄変・偸盗　　232

一六一 *采女柳　天平時代、諸国より献上された後宮の下級女官（采女）の一人が、帝の寵愛が衰えたことを嘆きこの柳の所から池へ身を投げたという。
*昇らんずる　「昇らんとする」の意。「んずる」は「むとする」の約。実現しない将来の事実を推量、予想する助動詞。
*如来様　本尊の薬師如来（衆生の病苦を救う仏で薬壺を持っている）。現在国宝。
*偏衫　左肩から右脇にかけて上半身を覆う僧侶の衣服。

一六二 *雷雨車軸を流す　雷雨が激しくふるさま。
*蛟竜　まだ竜にならない蛟（想像上の動物。蛇に似て角と四脚をそなえ、毒気を吐いて人を害する）。水中にひそみ、雷雨に際して昇天するという。

一六三 *妄語　うそ。僧が守らねばならない五戒の一つ。
*虫の垂衣　苧麻（イラクサ科の多年草。茎の皮からとる繊維で糸を作り、ちぢみ・上布などの織物とする）の垂衣。婦人が外出時笠の周囲にたらして頭・身をおおったもの。
*縁無き衆生は度し難し　原義は仏縁のない者は済度（救って悟りの彼岸に導くこと）するのが難かしい。転じて、忠言を聞き入れない者は救うことができないの意にも用いる。

一六四 *神泉苑　今の二条城の南にあった御苑。『三代実録』には古老の言として竜が昇天したことが記されている。

一六五 *禰宜　神職の一。「願い」の意味の古語「祈ぐ」の名詞形。神に祈請し祭事に従った。

## 注解

一六六 *託宣　神が人にのりうつって神意を告げること。
　　　*獺　イタチ科の動物。川・池・沼の近くに穴居し、夜間活動し魚類を食う。
　　　*魚鱗魚（中古語）。
　　　*桜井　いまの大阪府北河内郡本島村桜井。

一六八 *二条の大路　奈良市内を東西に貫いた大路。
　　　*青糸毛　牛車の一種。檳榔の葉を細かく裂いて白くさらしたものを青く染め、その葉で車箱をおおったもの。皇后・中宮・東宮・准后・親王・摂関のみ乗用。
　　　*栴檀庇　栴檀（インド産の香木）の板で作った牛車の庇。
　　　*平張り　天井の平らな張り幕。
　　　*加茂の祭　京都上賀茂・下賀茂神社の祭り。陰暦四月の中の酉の日に行われた（現在は五月十五日）。近衛の中・少将が勅使として葵の葉を飾って通るので葵祭ともいわれ、この見物は雑踏を極めた。

一六九 *侍烏帽子　侍が素襖（ひたたれの変形した武士の衣服）を着る時に用いた烏帽子。絹地で頂を三角に折ったもの。
　　　*鵜の目　鵜が魚をさがすような、きょろきょろした目つき。
　　　*梭　はた織り道具の一。速い往復運動により、縦糸に横糸を織り込む働きをする。

一七二 *面妖　不思議なこと。

一七四 *池の尾の禅智内供　「池の尾」は京都府宇治郡にある地名。「禅智内供」は民部少輔行

光の子。内供は内供奉僧の略で、選ばれて宮中の内道場に奉仕し、天皇の健康などを祈って読経した十人の高徳の僧をいう。芥川はこの内供の話を用いて「鼻」(大正五年二月、第四次『新思潮』創刊号発表)を創作した。

### 往生絵巻

一七六 *箔打 仏具・家具などに用いる箔(金銀をたたいて紙のように薄く平らにしたもの)を打ちのばすことを職業とする人。箔師。
*阿弥陀仏 いっさいの衆生を救うために本願をたてて修行し、西方に極楽浄土を成就した仏。その名号を唱えれば、死後極楽に生まれるという。

一七七 *多度の五位殿 香川県仲多度郡多度津町辺に住んでいた源大夫某。地位が五位。この作品の素材となった『今昔物語』巻十九「讃岐国多度郡五位、聞法即出家語第十四」の主人公。

一七八 *北の方 貴人の妻の敬称。北の対(寝殿造りで、寝殿の北方の対屋)にいるので、こう呼ばれた。

一七九 *遠矢 遠くから相手に知られないように矢を射かけること。
*牟子 虫の垂衣、苧麻の垂衣と同じ。注一六三頁「虫の垂衣」の項参照。
*「時鳥よ……われは田に立つ」『枕草子』二二六段にある田植歌。「ほととぎすよ、

## 注解

一八一 *講師 こうじ。平安時代、諸国の国分寺にあって、僧尼をつかさどり、仏典の講義をした僧官。

　　　「おのれよ、お前が鳴くので俺は田植をするのだ」の意。

一八二 *破戒 仏の戒（殺生・偸盗・邪淫・妄語・飲酒の五戒など）を破ること。
＊餌袋 旅などに食物を入れて行くのに用いた容器。もと鷹の餌を入れて鷹狩に携行した竹籠の類。

一八三 *蓮華 はすの花。蓮華の中で往生することは極楽浄土の往生といわれた。

## 藪の中

一八六 *縹色 はなだ。うすい藍色。
＊さび烏帽子 こわく張って装飾に皺（烏帽子の皺をさびという）を多くつけた烏帽子。平安末期より流行した。

一八七 *蘇芳 蘇芳色。赤紫色。
＊関山 逢坂山。京都府と滋賀県の境で、東国から京への入口にあたり関所がおかれていた。
＊四寸 馬の丈は四尺を標準として、それ以上を一寸、二寸……といった。したがって四寸は四尺四寸。

一八八
 * 沙門　僧侶。
 * 塗り籠　方立(籠の下方の鏃を差しこむ箱)の表面を漆塗りにした籠(矢をさし入れて背負う具)。
 * 征矢　戦陣に用いる矢。狩矢・的矢などに対していう。三枚羽。根はけんじり・柳葉・鳥舌・丸根などを用いる。

一八九
 * 如露亦如電　人の命は露の如くはかなく、稲妻のごとく一瞬にして消え去るという意。すべて因縁によって生じたものは実体がなく空であることを例えた、「金剛般若経」にある仏語。
 * 粟田口　京都市東山区粟田口町。東国街道の京都に入る入口で三条筋に通じる。
 * 初更　午後八時頃。
 * 鳥部寺　京都市東山区鳥辺野にあった法皇寺。平安時代、火葬場のあった付近。
 * 賓頭盧　十六羅漢の第一尊者。釈迦の弟子で白頭長眉の相を持ち、涅槃に入らず摩梨山に住んで衆生を救う。その像をなでて病気回復を祈る俗信があった。

一九六
 * 国府　令制で諸国に設けられた地方官の政庁。
 * 女菩薩　女体の仏。美しい女性のたとえで、実際に女の仏はない。
 * 樗の梢　「樗」はせんだんの古名。平安時代、獄の門に植えて、その梢に咎人の首をさらしかけた。

一九八
 * 観世音菩薩　世人がその名を唱える音声を観じて大慈大悲を垂れ、解脱を得させるとい

## 解 注

一九九 *中有 仏語。人が死んで、まだ来世に生れかわらず迷っている期間。四十九日。誕生の瞬間を生有、死の刹那を死有、生有と死有の間を本有、死後次の生有までを中有とする。

*瞋恚 怒り恨むこと。

## 六の宮の姫君

二〇四 *兵部大輔（ひょうぶのだゆう） 諸国の兵馬など軍事をつかさどる役所（兵部省）の次官（輔）。輔には大小がある。

二〇五 *ふところ子 大切に育てられた子。箱入り娘。
*螺鈿（らでん）の手筥（てばこ） 鮑（あわび）貝・蝶（ちょう）貝など真珠光を放つ貝片によって装飾された漆塗の小箱。手回り品を入れる。
*白がねの香炉 銀製の香をたくための器。
*対 対屋。寝殿造りで、寝殿（主人が住み、客を応接した場所）の左右または後ろに相対して造られた離れ屋。多くは廊で寝殿と通じていた。
*受領 各地方に赴任して政務をとる国司の最上席の者。「受領」とは、前任者から事務の引継ぎを受ける意。

* 上達部　三位以上の殿上人。公卿の称。
* 葛の葉を吹き返す風の中に　葛の葉が風に吹かれ白い葉裏を見せることから、「裏」「うらみ」にかかり、「恨めしい」ことをいいかける序詞として用いられる。
* 蝶鳥の几帳　「几帳」は室内で貴人の座のわきに立てて隔てとした道具。台に二本の柱を立て、柱の上に長い横木をわたし、その横木に幕を掛けたもの。「蝶鳥」はその幕の模様。
* 黒棚　座敷で手回りの道具をのせておく黒漆を塗った棚。厨子（調度・書籍をのせる置き戸棚）の類。

二〇六
二〇七
* 気味の悪い話　『今昔物語』巻二十六「東下者宿人家値産語第十九」による。
* 大江山　京都市西京区大枝（山城・丹波の国境）にある山。老坂峠の古名。
* 除目　県召の除目。陰暦一月十一日より三日間宮中で行なう国司を新しく任ずる年中行事。

二〇八
二〇九
* 侍の廊　侍の伺候していた細殿の小間。
* 寝殿造りの正殿　檜皮葺の四阿造。主人の居間・応接間がある。
* 典薬之助　宮中の医料・薬園・茶園・乳牛などの管理をつかさどる典薬寮の次官。
* 四足の門　普通の門の左右二柱の外に、さらに前後四隅に添柱を設けた屋根のある門。

二一一
* 総門と中門との間に建てる。
* 水葱　ミズアオイの古名。田や湿地に自生または栽培し、食用にする。

## 注解

二二二
* 政所 公卿の邸内で、知行所の事務や家政をとりしきった所。
* 曲殿 建物の折れ曲った所。
* 櫺子 細い木を横に少しすきまのあるように並べた窓格子。

二二三
* 「たまくらの……ものにざりけり」この作品の典拠となった『今昔物語』巻十九「六宮姫君夫出家語第五」および『拾遺和歌集（恋）』にある歌。「昔はうたたねの手枕に通う隙間風さえ寒かったのに、今はこんなあさましい姿で寝ている。本当によくもまあこんな暮らしになれてしまったものだなあ」の意。

二二四
* 仏名 仏の名号。阿弥陀仏のこと。

二二六
* 内記の上人 『宇治拾遺物語』巻十二の四にその名が見える。「内記」は宮中の事を記録し、詔・勅の起草、位記の作成に従事した職名。大・中・小に分かれ、文人、学者が多く選ばれた。「上人」は高僧の称。
* 慶滋の保胤（?～1002）平安中期の文人。大内記になり、のち出家した。著書に『池亭記』『日本往生極楽記』がある。
* 空也上人（?～972）平安中期の高僧。諸国を遍歴し、道路、橋、堂宇を修補し、大衆教化につとめて市聖、阿弥陀聖と称せられた。踊念仏の祖。

三好 行雄

## 解説

吉田 精一

ここにあつめたのは、芥川龍之介の「王朝物」といわれる、平安時代に材料を得た歴史小説である。この種のものをこの文庫では二冊に分載したが、この集には最初期のものを省き、より後期のものを多くおさめている。配列はほぼ年代順であるが、その発表年時、発表機関は次のようである。

偸盗　　　大正　六年　四月・七月　『中央公論』
地獄変　　　〃　　七年　五月　　　『大阪毎日』『東京日日』
竜　　　　　〃　　八年　五月　　　『中央公論』
往生絵巻　　〃　一〇年　四月　　　『国粋』
藪の中　　　〃　一一年　一月　　　『新潮』
六の宮の姫君　〃　一一年　八月　　　『表現』

ちなみにこれらの諸編は、すべて『今昔物語』もしくは『宇治拾遺物語』の説話

集に出典をあおいでいる。その素材源を示せば次のようである。

偸盗　　『今昔物語』巻二十九「不被知人女盗人語第三」

地獄変　『宇治拾遺物語』巻三「絵仏師良秀家の焼くるを見て悦ぶ事」（『十訓抄』巻六第三十二話も同じ）及び『古今著聞集』巻十一「弘高の地獄変の屏風を書ける次第」

竜　　　『宇治拾遺物語』巻十一「蔵人得業猿沢の池の竜の事」及び同巻二第十二話「唐卒都婆に血つく事」

藪の中　『今昔物語』巻十九「讃岐国多度郡五位聞法即出家語第十四」『今昔物語』巻二十九「具妻行丹波国男於大江山被縛語第二十三」

往生絵巻　『今昔物語』巻十九「六宮姫君夫出家語第五」及び同巻十五「造悪業一人寂後唱念仏往生語第四十七」

六の宮の姫君　『今昔物語』巻十九「六宮姫君夫出家語第五」

個々の作品についてのべると、『偸盗』は『今昔物語』巻二十九第三話から主材を得たにちがいないが、それ以後にも部分的には巻二十九第六話、第七話、第八話、巻二十五第十二話、巻二十六第二十話などを部分的にとり入れていることが指摘されている。（長野甞一、『古典と近代作家』）そしてそれ以上に、メリメエの『カルメン』を粉

本とした形跡がある。沙金はカルメン、放免で彼女の破獄を助けた太郎は、ドンホセであるとともに、片目のガルシアでもある。次郎もまたホセの分身だろう。猪熊の爺は『カルメン』には出てこないが、どこかシェークスピアのフォルスタッフを思わせる。

この作品は芥川には珍しくメロドラマ風の構成である。作者自身「安い絵双紙」のようなもので、「いろんなトンマな嘘がある」として、「性格なんぞ支離滅裂だ」として、自分の一番の悪作だと自嘲している。(大正六年三月二十九日、松岡譲あて書簡) そのような事情から彼はこの作品を生前の単行本に入れていない。しかし筋立てには変化があって、よみ物としては一応興味がある。

次に『地獄変』の絵師良秀のことは、『宇治拾遺』に出ており、ここから主人公の名を借りてきたと思われるが、これは極めて短い筋書きだけのものである。絵仏師良秀が、自分の家のやけるのを見ながら、今までわからなかった火焰の描き方を会得したと、不敵な笑みをうかべていた。その後彼の描く不動尊の光背の火焰は、よじれるように描かれ、人よんで「よじり不動」とよんで歓賞した、というにとどまっている。

『著聞集』の弘高の〝地獄変〟の屛風絵のはなしも、極めて短いもので、弘高という絵師が〝地獄変〟の屛風を描いたとき、鬼が楼の上から鉾をさしおろして人を制した

この二つをとり合せた筋立てを骨子として、芥川は芸術と道徳の相剋・矛盾という彼自身のもっとも痛切な問題を中心にして、『地獄変』を仕上げたのである。『地獄変』の良秀は、彼の思う通りの傑作を完成したが、しかしそのためには最愛の娘の生命を犠牲にするという残酷な所業をあえてした。絵を完成したのち、一旦道徳的な気もちに立ちかえると、くびれ死なざるを得なかったというところに、芥川の芸術家としての、また同時に人間としての、生き方なり、立脚地なりがあった。それはともかく、この作品において彼は縦横の才能をふるい、悽惨でまた怪異なものがたりを、古金襴にも似た典雅な色彩と線によってくまどっており、彼の「王朝物」の一代表作といってよいだろう。

　なおこの作にはヘッベルの戯曲『ユーディット』の影響が指摘されている。芥川が『ユーディット』をこの作品を書く少し前に読み、いたく感激したことは事実である。ユーディットは処女ながら寡婦であり、敵にかこまれて餓死か降服かにおいこまれたある市の美女であるが、自分の貞操を犠牲にして、敵将に近づき、その寝首を搔いて、祖国を救う。しかし自己の行為を市民から賞讃された彼女は、女の天性にそむいた行

為に「罪」の意識をおぼえる、というのである。これが良秀の娘の焼死を眼前に見つつ、しかも「恍惚とした法悦の輝き」を感じたのちの、人情の自然に背いた行為への反省と相応じる、というわけである。

次の『竜』はほとんど『宇治拾遺』の「蔵人得業猿沢の池の竜の事」にそっくりであるが、ただ結末がちがう。原典では竜はあらわれず、奇蹟はおこらない。ところが、芥川は最後に一ひねりひねって、「ウソから出たマコト」という奇蹟がおこったことにしている。ここが大いにちがう。そしてこの点に「唐の卒都婆に血つく事」(『今昔物語』巻十第三十六話も同話)との関係が見られる。この話は八十歳ほどの老婆が、毎日山の卒都婆を見に登って来る。理由はこの卒都婆に血がついた時、この山が崩れて深い海となる、という古伝を信じるからである。きいた若者たちはあざ笑い、指を切った血を卒都婆になすりつけた。老婆はそれを見て、あわてて、家財をまとめ、安全な場所に逃げた。若者たちは笑いころげていたが、はたして山が崩れて海に呑まれ、老婆とその家族だけが助かったという物語である。この種のはなしの原型は世界各国にあり、『宇治拾遺』も「唐」の話としているのである。(この説話との関係は長野甞一氏がはじめて指摘した)

『竜』については作者は自らマンネリズムにおちた作品と自認しているが、これと

『往生絵巻』とは彼としては匆忙の作であり、自信もなかったようである。『往生絵巻』についていえば、芥川は原作の剛強な侍が「まことのこころ」を発したため、死後成仏して、口の中から白蓮華を生じたという結末に強い興味をひかれ、その白蓮華は後代の人にも見えたろうと考えた。こういう超自然の精神力に対する信念が彼にはあった。

それとともに彼はこのような神仏の実在を信じた、求道者に荘厳なものを感じていた。俗世間に煩わされがちな彼にとって、道に徹しきった荒くれ五位の一途さは、もっとも尊敬に価すれば、仰望もしたい心境だった。

以上の二作品にくらべて『藪の中』は手のこんだ作品で、彼の「今昔物」でもっとも創作化の程度がつよい。この作品については私は『現代文学と古典』のうちで詳論しているので、それを見ていただきたいが、『今昔』の原典では男は殺されておらず、盗人の目的は物とりで、色情はつけたりである。芥川は夫の前で妻が他の男に強姦されるというスリリングな事実を原典から借りたのみで、その夫の死骸をめぐって、誰がその男を殺したかについて、盗人、女、男と三人三様の言い立てがちがっているという点に構想の中心を置いた。結局この小説のテーマは、ある事件に対して、当事者たる人間達の各種各様の解釈がありうること、人生の真相とか、現実の機微と

かいうものは、一端をもってとらえがたいこと、各人各種の感情や心理に従って、真実はいくつもの姿を呈すること、といったところにあろう。それを通して、作者の懐疑的な人生観が語られているのである。

この『今昔物語』の原話をはじめて小説化しようとしたのは滝井孝作であり、彼はそれを自分の夫婦生活の体験にてらして、妻が汚されたあとの夫婦関係を中心に書こうと考えた。そのことを芥川に話したところ、彼はその材料を自分にくれといって書いたのが、『藪の中』だというのである。（滝井孝作『純潔』

なおこのほかに小穴隆一にもこの作品についての思い出を書いた文章があるが、ここには省く。次にこの作品の風変りな構成について影響を及ぼしたものを考えておく。この作が、ある殺人事件を中心にしている上に、犯罪が行われる場合の予備的条件が次第に外側からそなえられて、内奥に入る行き方は、推理小説のそれを思わせる。しかし推理小説とちがう点は、叙述がはじめから終りまで証言もしくは独白で組み立てられていること、それから殺人そのものも何等むつかしい謎をふくんでいないこと。ことに関係者がすべて殺人を行なったというのみで、直接の下手人は不明のままのこされるという事実である。このような推理小説はありようはないのである。

したがって殺人事件をあつかった普通の小説と見るべきだが、その場合、先ず独白体の手法を同じく殺人事件を扱ったブラウニングの『指輪と本』The Ling and the Book から得たと推察して然るべき理由がある。『指輪と本』自体の名は出ていないが、作者自身がブラウニングからのヒントを肯定して次のように云っている。

冠省。高著文芸東西南北頂戴いたし難有く存候。あの中に小生の南蛮小説の事を御引用下され恐縮に存候。それは報恩記のみならず『藪の中』に於ても試みしものに御座候。Browning の Dramatic lyric が小生に影響せるは貴説の通りなり。但し従来の全集未登載のもの
―略― （大正十五年五月三十日、木村毅あて書簡。

私の調査によると、芥川の参考したものはこれ一編にとどまらない。ブラウニングの『指輪と本』はなるほど法廷における主要な人物の独白より成立っている点で、『藪の中』と酷似するが、しかし最後の死霊による独白はない。この点に関しては、芥川の愛読したアンブローズ・ビーアス Ambrose Bierce の短編の一つ『月光の道』The Moonlight Road（短編集 "Can Such Things Be?" 所収）から得たと推定される。これもまた三つの独白から成立っており、最後に殺された女性が、霊媒を通じて死の経過を語るというものになっていて、『藪の中』の巫女の口をかりて語るのとそのままである。しかしこうした技術上の苦心のあとを闡明することと、この作品の精

最後に『六の宮の姫君』は、堀辰雄をはじめとして、芥川の「王朝物」中の白眉として推す人が多い。しかしこの作品は原作の筋をそっくりそのままだっており、ただ最後に内記の上人を登場させたり、女主人公に対して「極楽も地獄も知らぬ、腑甲斐ない女の魂だ」との説明を加えたりして、わずかに潤色をほどこしているにすぎない。

　元来原話そのものが、数ある『今昔』の説話中でも最もすぐれたものの一つであって、悲劇的でまた印象深く、のろわれた運命の支配下に置かれた、か弱い女性のあわれな生活を、世相の背景のもとに如実に伝えている。この題材をとらえたのはさすがに彼の眼光の鋭さを証明するが、しかし原作がすぐれているだけに、それだけ彼の手がらは少ないといわざるを得ない。そして芥川の主意は、「六の宮の姫君」のはかない生涯をあわれとは思いつつも、あえてさげすもうとしたところにあった。「極楽も地獄も知らぬ、腑甲斐ない女の魂」とは、彼の彼女に対する批評であるとともに、熱烈な『往生絵巻』の主人公のような信仰をみとめ、かつ尊敬しても、結局その傍観者でしかあり得ない芥川の自己自身に対する、自虐的な悲しみに外ならないのである。

（昭和四十三年十一月、国文学者）

## 表記について

新潮文庫の文字表記については、原文を尊重するという見地に立ち、次のように方針を定めました。

一、旧仮名づかいで書かれた口語文の作品は、新仮名づかいに改める。
二、文語文の作品は旧仮名づかいのままとする。
三、旧字体で書かれているものは、原則として新字体に改める。
四、難読と思われる語には振仮名をつける。
五、漢字表記の代名詞・副詞・接続詞等のうち、特定の語については仮名に改める。

本書で仮名に改めた語は次のようなものです。

…嚊→…さぞ　　彼是→かれこれ　　之→これ
…居る→…いる、おる　　其→その、それ　　夫→それ
…丈→…だけ　　所が→ところが

芥川龍之介著 羅生門・鼻

王朝の説話物語にあらわれる人間の心理に、近代的解釈を試みることによって己れのテーマを生かそうとした"王朝もの"第一集。

芥川龍之介著 蜘蛛の糸・杜子春

地獄におちた男がやっとつかんだ一条の救いの糸をエゴイズムのために失ってしまう「蜘蛛の糸」、平凡な幸福を讃えた「杜子春」等10編。

芥川龍之介著 奉教人の死

殉教者の心情や、東西の異質な文化の接触と融和に関心を抱いた著者が、近代日本文学に新しい分野を開拓した"切支丹もの"の作品集。

芥川龍之介著 戯作三昧・一塊の土

江戸末期に、市井にあって芸術至上主義を貫いた滝沢馬琴に、自己の思想や問題を託した「戯作三昧」、他に「枯野抄」等全13編を収録。

芥川龍之介著 河童・或阿呆の一生

珍妙な河童社会を通して自身の問題を切実にさらした「河童」、自らの芸術と生涯を凝縮した「或阿呆の一生」等、最晩年の傑作6編。

芥川龍之介著 侏儒の言葉・西方の人

著者の厭世的な精神と懐疑の表情を鮮やかに伝える「侏儒の言葉」、芥川文学の生涯の総決算ともいえる「西方の人」「続西方の人」の3編。

夏目漱石著 **三四郎**
熊本から東京の大学に入学した三四郎は、心を寄せる都会育ちの女性美禰子の態度に翻弄されてしまう。青春の不安や戸惑いを描く。

夏目漱石著 **草枕**
智に働けば角が立つ——思索にかられつつ山路を登りつめた青年画家の前に現われる謎の美女。絢爛たる文章で綴る漱石初期の名作。

夏目漱石著 **行人**
余りに理知的であるが故に周囲と齟齬をきたす主人公の一郎。孤独に苦しみながらも、我を棄てることができない男に救いはあるか？

森鷗外著 **雁**(がん)
望まれて高利貸しの妾になったおとなしい女お玉と大学生岡田のはかない出会いの中に、女の自我のめざめとその挫折を描き出す名作。

森鷗外著 **青年**
作家志望の小泉純一を主人公に、有名な作家、友人たち、美しい未亡人との交渉を通して、一人の青年の内面が成長していく過程を追う。

森鷗外著 **山椒大夫**(さんしょうだゆう)**・高瀬舟**
人買いによって引き離された母と姉弟の受難を描いて、犠牲の意味を問う「山椒大夫」、安楽死の問題を見つめた「高瀬舟」等全12編。

| 著者 | 作品 | 内容 |
|---|---|---|
| 川端康成著 | 舞姫 | 敗戦後、経済状態の逼迫に従って、徐々に崩壊していく〝家〟を背景に、愛情ではなく嫌悪で結ばれている舞踊家一家の悲劇をえぐる。 |
| 川端康成著 | 眠れる美女 毎日出版文化賞受賞 | 前後不覚に眠る裸形の美女を横たえ、周囲に真紅のビロードをめぐらす一室は、老人たちの秘密の逸楽の館であった──表題作等3編。 |
| 川端康成著 | 千羽鶴 | 志野茶碗が呼び起こす感触と幻想を地模様に、亡き情人の息子に妖しく惹かれ崩壊していく中年女性の姿を、超現実的な美の世界に描く。 |
| 三島由紀夫著 | 美徳のよろめき | 優雅なヒロイン倉越夫人にとって、姦通とは異邦の珍しい宝石のようなものだったが……。魂は無垢で、聖女のごとき人妻の背徳の世界。 |
| 三島由紀夫著 | 宴のあと | 政治と恋愛の葛藤を描いてプライバシー裁判でかずかずの論議を呼びながら、その芸術的価値を海外でのみ正しく評価されていた長編。 |
| 三島由紀夫著 | 青の時代 | 名家に生れ、合理主義に徹し、東大教授への野心を秘めて成長した青年の悲劇的な運命！ 光クラブ社長をモデルにえがく社会派長編。 |

## 新潮文庫最新刊

**安部公房著**
《霊媒の話より》題未定
——安部公房初期短編集——

19歳の処女作「《霊媒の話より》題未定」、全集未収録の「天使」など、世界の知性、安部公房の幕開けを鮮烈に伝える初期短編11編。

**松本清張著**
空白の意匠
——初期ミステリ傑作集——

ある日の朝刊が、私の将来を打ち砕いた——。組織のなかで苦悩する管理職を描いた表題作をはじめ、清張ミステリ初期の傑作八編。

**宮城谷昌光著**
公孫龍 巻一 青龍篇

群雄割拠の中国戦国時代。王子の身分を捨て、「公孫龍」と名を変えた十八歳の青年の行く手に待つものは。波乱万丈の歴史小説開幕。

**織田作之助著**
放浪・雪の夜
——織田作之助傑作集——

織田作之助——大阪が生んだ不世出の物語作家。芥川賞候補作「俗臭」、幕末の寺田屋を描く名品「蛍」など、11編を厳選し収録する。

**松下隆一著**
羅城門に啼く
——京都文学賞受賞——

荒廃した平安の都で生きる若者が得た初めての愛。だがそれは慟哭の始まりだった。地べたに生きる人々の絶望と再生を描く傑作。

**河端ジュン一著**
可能性の怪物
——文豪とアルケミスト短編集——

織田作之助、久米正雄、宮沢賢治、夢野久作、そして北原白秋。文豪たちそれぞれの戦いを描く「文豪とアルケミスト」公式短編集。

## 新潮文庫最新刊

早坂 吝 著
## VR浮遊館の謎
―探偵AIのリアル・ディープラーニング―

探偵AI×魔法使いの館！ VRゲーム内で勃発した連続猟奇殺人!? 館の謎を解き、脱出できるのか。新感覚推理バトルの超新星！

E・アンダースン
矢口誠訳
## 夜 の 人 々

脱獄した強盗犯の若者とその恋人の、ひりつくような愛と逃亡の物語。R・チャンドラーが激賞した作家によるノワール小説の名品。

本橋信宏 著
## 上野アンダーグラウンド

視点を変えれば、街の見方はこんなにも変わる。誰もが知る上野という街には、現代の魔境として多くの秘密と混沌が眠っていた……。

G・ケイン
濱野大道訳
## AI監獄ウイグル

監視カメラや行動履歴。中国新疆ではAIが"将来の犯罪者"を予想し、無実の人が収容所に送られていた。衝撃のノンフィクション。

高井浩章 著
## おカネの教室
―僕らがおかしなクラブで学んだ秘密―

経済の仕組みを知る事は世界で戦う武器となる。謎のクラブ顧問と中学生の対話を通してお金の生きた知識が身につく学べる青春小説。

早野龍五 著
## 「科学的」は武器になる
―世界を生き抜くための思考法―

世界的物理学者がサイエンスマインドの大切さを語る。流言の飛び交う不確実性の時代に、正しい判断をするための強力な羅針盤。

## 新潮文庫最新刊

道尾秀介著 　雷　神
娘を守るため、幸人は凄惨な記憶を封印した故郷を訪れる。母の死、村の毒殺事件、父への疑惑。最終行まで驚愕させる神業ミステリ。

道尾秀介著 　風神の手
遺影専門の写真館・鏡影館。母の撮影で訪れた歩実だが、母は一枚の写真に心を乱し……。幾多の嘘が奇跡に変わる超絶技巧ミステリ。

寺地はるな著 　希望のゆくえ
突然失踪した弟、希望。誰からも愛されていた彼には、隠されていた顔があった。自らの傷に戸惑う大人へ、優しくエールをおくる物語。

長江俊和著 　出版禁止 ろろるの村滞在記
奈良県の廃村で起きた凄惨な未解決事件……。遺体は切断され木に打ち付けられていた。謎の手記が明かす、エグすぎる仕掛けとは！

花房観音著 　果ての海
階段の下で息絶えた男。愛人だった女は、整形し、別人になって北陸へ逃げた──。「逃げる女」の生き様を描き切る傑作サスペンス！

松嶋智左著 　巡査たちに敬礼を
現場で働く制服警官たちのリアルな苦悩と逆境からの成長、希望がここにある。6編からなる人間味に溢れた連作警察ミステリー。

# 地獄変・偸盗

新潮文庫 あ-1-2

|  |  |
|---|---|
| 昭和四十三年十一月十五日 発行 |
| 平成二十三年十月五日 百二刷改版 |
| 令和六年三月十五日 百十六刷 |

著者　芥川龍之介

発行者　佐藤隆信

発行所　株式会社 新潮社

郵便番号　一六二－八七一一
東京都新宿区矢来町七一
電話　編集部(〇三)三二六六－五四四〇
　　　読者係(〇三)三二六六－五一一一
https://www.shinchosha.co.jp

価格はカバーに表示してあります。

乱丁・落丁本は、ご面倒ですが小社読者係宛ご送付ください。送料小社負担にてお取替えいたします。

印刷・株式会社光邦　製本・株式会社大進堂
Printed in Japan

ISBN978-4-10-102502-5 C0193